15歳 人生の青写真

―水商売に感謝して―

寒河江 幸江

幻冬舎 MC

私の夢で

自分の人生どれだけのことが出来るか
ためしてみたい……と
悔いのない人生を　悔いだけは絶対に
残したくない……と
老後は心豊かに　病気の心配はしても生活の心配は
したくない…と
そして少しは社会貢献もしてみたい……と
実業家になりたい……と
志を高く持とう……と

私の生き方

格言と出逢う　商品良好なればおのずと
顧客を招く……と
素の自分を見てもらう　素の私を受け入れて
くれる人を大事にしよう……と
見栄を張らない　見栄を張ったら自分がつらくなる
背のびをしない　地にしっかり足のついた生き方を
身の丈の人生を送る　無理をしない自分に合った
人生を

志を高く持って生きようと思っていた。
15歳の人生の青写真でした。

もくじ

第一章

あこがれ　8
納豆売り　9
格言との出逢い　12
おへちゃ　13
学校生活　15
大それた夢、美容師　18
実業家　19
進路で悩む　21
センスの原点　24
専門学校へ　26
東京　26
綿すげの恋　28
商売の勉強　31
先輩の姿を見て　35
Nちゃん　36
結婚　プロポーズ　37
物差しの違い　40
告白　42
結納　44

第二章

豹変　46
もう一人のNちゃん　47

子供の頃の思い出　51
大人になってからの思い出　54
結婚式　57
新婚旅行　58
新婚生活　60
長男誕生　62
揚子江オープン　64
退職金のない商人　68
親族会議　70
新築　73
新たな悩み
生活費を一度にくれることのない夫　74
長女を私立に　75
夫のひと言　79
モネオープン　80
一銭もない　86
授業参観　87
義弟の事業　89
PTA活動　94
娘は地元の中学へ　97
52歳　夫の恋　Mちゃん　98
往復ビンタ　99

第三章

スナックマン　オープン　104
スナックマンのお客様達　107
ファイナルコンサート　116

あこがれの長嶋監督との出逢い　119
二代目ママ　122
麻雀マンオープン　124
私生活　126
次女との約束　海外旅行　128
兄の会社　初めてのアメリカ旅行　131
兄の会社　二度目のイタリア旅行　132
仲のいい友達と2度目のアメリカ旅行　134
東欧の旅　137
線香花火の恋　139
ディスティニーラブ　運命の恋　142
リスペクト　146
自宅リフォームの件でけんか　家出　149
恋人ゴッコ　152
スナックモモ、オープン　155
自宅のリフォーム　158
町中サロンポラリス　159
揚子江　閉店　162
年金倶楽部オープン　164
弦哲也ディナーショーでの抽選会で特賞を　167
年金倶楽部閉店　169
息子の死　171

第四章

デイサービス　182
夫の死　184

海外旅行　交通事故　189
次女家族とのハワイ旅行　191
私の夢のひとつ　193
家族全員招待してのハワイ家族旅行　193

第五章

過ぎた日をなつかしむ　198
Nちゃんとの再会、不思議な一年　204
孫6歳の詩　206
夫探しの旅（豹変）　219
そして過去を振り返ると　221
夫のライバル　225
日々の夫との会話の中から　228
職業を選ぶ基準とは　231
孫と駄菓子屋へ　233
アドラーとの出逢い　236
そして、忘れられない出来事が……　240
国立図書館、商学校の卒業証　245
そして運命の日が　246
最後の夢　寄附をすること　252
親友との別れ　258

あとがき　260

第一章

私の大好きなザラメのついた大きな飴玉。
私の人生はこの飴玉から
始まったのです。
そして衝撃的な出逢いを何度か
経験して15歳で人生の青写真が。
そして大それた夢へと……この時の私は
幸せで心が豊かだった。

あこがれ

戦後、間もない頃、小さかった私は、ザラメのついた大きな飴が大好きでよく買いに行きました。その店は本業は練炭屋さんで、店のはじの方に小さなガラスのケースがあり、その中にちょっとした売物の駄菓子が置いてありました。

店番はいつもおばさんでした。おばさんは色が白く髪の毛は黒く、きれ長の瞳のきれいなあこがれの人でした。その上今思えば大島紬を着ていて白い割烹着を着けて何となく生活の豊かさが感じられました。商売をしている人が皆お金持ちに見えました。

私はいつもの様に飴を買いに行くと、その日はおばさんは留守で同級生の妹のSちゃんが相手をしてくれました。私より2つ年下のSちゃんが相手をしてくれました。Sちゃんは紙の袋に飴玉を入れ、私からお金を受け取る。この子供同士のやり取りに（子供でも商売が出来るんだ）……とこの時大きな衝撃を受けたのです。このことがあってから商売にあこがれと興味を持つ様になったのでした。「商売っていいなぁ……」と。

私の家では毎朝ご飯前にする仕事が決まっていました。姉二人は母を手伝って朝食の用意と掃き掃除と拭き掃除、兄達は台所の大きなかめに水をはる。お風呂の掃除と風呂に水を張ったり、私はというと玄関の掃除と庭を掃き水をまく。そしてカレンダーをめくるのが日課でした。そして父が座るのを待ってお茶を入れ、それから食事が始まる。これが我家の朝の風景でした。

納豆売り

戦後の朝は豆腐屋さんから始まっていました。豆腐屋さんは遠くの方からプープーと笛を吹きながら来る。続いて納豆売りが「納豆、納豆、ナット」と大きな声で来て、続いて「アサリ、シジミヨー」と、天秤棒の前と後の桶にアサリとシジミを入れて売りに来る。
これが毎朝の風景で私の家も時々買っていました。買いに行くのは決まって私でした。

飴玉の一件以来商売に目覚めた私はいつも納豆を買っていたけれど、いつしか視点が変わり、買う側から売る側に立って考える様になっていました。納豆なら子供でも売れるのではと、子供が売ってはいけないこともないし……。頭の中が商売のことでいっぱいになってしまいました。
その時私が思っていたことは、
納豆は軽いしかさばらない、
単価が安い、
少ないお金で始められる、
無駄がない。
例　納豆を1個10円とすると、

10個仕入れて、10円×10＝１００円。

10円で仕入れたものを15円で売るとすると、
15円×10＝１５０円。

次の日は利益が出た分を仕入れにまわす。

そう考えると無理なく商売が出来るのではと思いました。

そして売れ残った時は家で食べてもよし、人様にあげてもよしでロスが少ないこと。何故かそんなことばかり考える様になっていました。そして商売のことを考える時は楽しくて楽しくて夢がふくらみ、幸せでいっぱいでした。それは小学校4、5年生の頃のことでした。


それからも自分の考えていることは間違ってないと強く思う様になり自分の思いをためしてみたくなり、ついに母親に話しました。「納豆を売ってみたい」と。

母はびっくりし、この子は何を言いだすのだろうと、結果は一も二もなく「そんなみっともないことはさせられない」と……。

私の思っていたことはそんなに悪いことなのか。私はお金がほしくて言っているわけでもなく、ただただ自分の考えていることをためしてみたかっただけなのでした。

自分の想いは反対されたけれど、長い間考えていたことを口にすることによってその時の自分と折合いをつけることが出来ました。

格言との出逢い

その日も、いつもと変わらずカレンダーをめくり、いつもはそれで終わるはずでした。なのに私は、その日の格言に大きな衝撃を受けたのです。

それは確か、28日の格言と記憶しています。

それは次の通り、

「商品良好なれば、おのずと顧客を招く」……と、ありました。毎日めくる、日めくりカレンダー。

商売を自分の物として考える様になり、自分の気づかないところで成長していたのでしょうか。この格言を読んだ時、またまた大きな衝撃を受けたのでした。そしてそれ以来私の悩裏に居据わり毎日この格言が姿を現わしました。私は私なりの解釈でこの格言はものの道理を説いた言葉と思いました。多くの人が必要とする物、品質が良くその割に値段が安い。理にかなった言葉と思いました。

ただ仕事としてめくっていたら出逢えなかった格言。その時、目に見えない何かに導かれる様に格言と出逢いその先に細い一本の道が……。そして、その時「貴女は商売をしなさい」と言われている様な不思議な感覚をおぼえたのでした。それは、私が小学校6年生か中学に入って間もなくの頃の出来事でした。

おへちゃ

いつしか自分の容姿が気になる年頃になっていました。きれいな人は目鼻立ちも良く、髪の毛も多くストレートで黒々として、うらやましい限りでした。それに引き替え私は鼻は低く目はひと重、その上髪の毛も猫毛。洗たくバサミで鼻をはさんでみる。痛いだけで何の効果もない。どんなに努力をしても自分の力ではどうにもならないことがあるのは分かっていたけれど、自分のおへちゃの顔から色々な角度で物事を考える様になりました。

「世の中平等ではないこと」が沢山あるなと、平等ではないことは子供心にもうすうす分かってはいたけれどその時強く感じました。

それなら誰にも平等にあるものとは何だろうと、

「空気、時間、心、考えること」その他には？

その時の私はこんなことを考えていました。

おへちゃな顔を変えることが出来ないなら「自分の考え方を変えればいい」と。そして自分なりの結論が出たのでした。

素の自分を見てもらう……素の私を受け入れてくれる人を大事にしようと。
見栄を張らない……見栄を張ったら自分がつらいだけ。
背のびをしない……地にしっかり足のついた生き方を、
身の丈の人生を送ろうと……心に決めたのでした。
中学生になって間もない頃のことでした。

学校生活

小学校、中学校と私はごくごく普通の子でした。性格が明るいのでいつもニコニコしている子でした。
そんな私は学芸会の時期になると、小学校の時は歌で選ばれ、中学生になると歌とバレエで毎年選ばれました。
バレエでは、1年生の時は『かっこうワルツ』
2年生の時は『アルルの女』

3年生では『口笛吹きと犬』

『かっこうワルツ』では、トゥシューズの代わりに厚手の白い布でシューズを作り、衣装も物のない時代でしたけれど、先生から型紙をもらい、ギャザーをたっぷり付けて素敵な衣装を姉が仕立ててくれて、思い出に残る学芸会になりました。

『アルルの女』

この踊りはちょっと大人びた感じのするフラメンコの要素の入った振り付けで、個性的で曲も大好きで、踊りも踊った気になれて大好きでした。十人位でにぎやかな舞台だったとなつかしく思い出されます。

『口笛吹きと犬』

3年生の女子の中から四名選ばれ、男役二名、女役二名、二人一組になっての踊りでした。振り付けの中にちょっとだけコケティシュな場面があり、私はその場面が好きでいつも思い出すのはその場面でした。

歌の方は合唱コンクールでは、『希望のささやき』『流浪の民』と、文化祭にはクラス代表で『ローレライ』を歌いました。

思い出のつまった幸せな中学生活でした。けれど毎年の様に選ばれるのが私には不思議でした。父も母もうれしかった様で、特に父は私を音楽学校へ行かせたかった様です。

けれど本家から分家になってしまったあおりを受けている父は、私を音楽学校へ行かせることが出来なかったことが悔やまれ、後悔しているとお父さんがいつも言っていたと、後に妹から聞きました。「そんなことをお父さんは言っていたの?」。私には的外れのことでしたけれど何故かうれしく父の愛を感じました。

合唱コンクールやバレエの練習をしながらも進路のことも考えなければいけない時期になっていました。

大それた夢、美容師

その頃の私は美容の仕事に興味を持っていました。そんな時、『口笛吹きと犬』を踊った相手役のTちゃんが偶然にも近所の美容院の娘さんでしたので帰りに寄せてもらい、店の中のことやら仕事の内容やらを見せてもらっていたので、おおよそのことは分かっていました。私のパートナーが小さな町に何軒もない美容院の娘さんで、その時、運命の不思議を感じました。

飴玉の一件で商売にあこがれ、納豆売りで買う側から売る側に考え方が大きく変わり、何かに導かれる様に格言と出逢い、そしてまた偶然にも美容院の娘さんが相手役に選ばれたことによって、夢がより現実的になり、まるで美容師になりなさいと後押しされている様な気がしました。

実業家

私は商売に目覚めてしまってから自分の人生を、真剣に考える様になっていました。

そして、納豆売りとの出逢い、美容院のTちゃんとの出逢いによって実業家を夢見る様になり自分の進む道がはっきりと見えてきたのです。

その時の私はこう考えていました。

人生の夢

自分の人生一生の間にどれだけの仕事が出来るかためしてみたい。

実業家になりたいとも……生意気にもそう思ったのです。そしてなれると思っていました。

悔いのない人生を送りたいと。悔いだけは絶対残したくない……と。

間違っても老後は豊かでいたい……経済的に心配のない基盤を作っておきたい。
少しは社会貢献もしてみたい。

人生の生き方
素の自分を見てもらう。　素の私を受け入れてくれる人を大事にしよう……と。
見栄を張らない。　見栄を張ったら自分がつらくなる……と。
背のびをしない。　地にしっかり足のついた生き方を……と。
身の丈の人生を送ろう。　と心に決めたのでした。

そして、誰としたわけでもない自分自身と約束したのです。
こうして15歳で人生の青写真が出来たのです。14歳で高校受験を前に思っていたことでした。

高校進学に夢の持てない私は、自分の望む美容学校のことを考えてみる。そこには自分の想い描く世界がありました。

先ず美容学校へ。卒業後は、現場で腕をみがきながら資金もためる。そして人に負けないだけのセンスと技術をみがいて独立。コテから電気パーマに変わる右肩上りの時代。頑張って支店を出したり自己資金をため、不動産投資も。そんなことを考えると目の前が明るくなり夢がどんどんふくらみ、考えているだけで幸せで幸せで毎日が本当に幸せでした。そして、もしかしたら大それた夢である実業家になれるかもしれないと本気で思っていました。

14歳、高校受験を前に思っていたことでした。

進路で悩む

受験についても考えてみました。高校を出たあとどうするの。お勤め、職種は。高校を出てから美容学校というイメージは湧いてきませんでした。

そして兄の教科書をのぞく。私の苦手な数学。そこには因数分解ですとか係数とか……とか。この勉強が私の人生にどうかかわってくるのか、進学の先に夢が描けないのが耐えられませんでした。

あと考えられるのは見栄か、プライドぐらいしかない。と、その時思ったことでした。そして私はチッポケなプライドは捨て、志を高く持とうと心に決めたのでした。

進学はやめて美容学校へ行きたいと母に言うと、思いがけない言葉がかえってきました。母の言った言葉は「髪結いの奥さんは苦労する」からだめだと言うのです。今と違って昔は「髪結いの亭主」という言葉があったのを子供の私でも知っているくらいでしたから、母はその様な例を見たり聞いたりしていたのでしょう。親が反対するのも一理あるとは思ったけれど、あれ程自信を持って想い描いた夢をあんなに簡単にあきらめて良かったのか、あの時の自分が分からない。人生には運命の別れ道の様な分岐点があることを知りました。

もしあの時親の許しがあったら、もしかして、もう一人のあぐりさんがいたかもしれません（※ＮＨＫ朝ドラ『あぐり』の主人公）。

何故か変に素直に納得し美容師をあきらめたのでした。

きれいなものが大好きな私は、美容師がだめならおしゃれの世界しかないと専門学校へ。

専門学校を選択するにあたって想い描いた人生。15歳の人生の青写真でした。

あの時の私、時代の後押しもあり美容師を選んでいたら間違いなく実業家になれたと思っています。

格言もすっぽりおさまり何ひとつ無理がなく夢が描けた美容の仕事を、反対されたからとはいえ、何故あんなにも簡単にあきらめたのか、あの時の私が今でも分からない。

余談になりますが、私は80歳の時、美容の勉強がしたくて、病院の帰りに美容学校へ願書をもらいに行く途中で交差点に差しかかりました。直進すれば自宅へ、右折は学校、目の前に見える信号は赤。私は右折だけを考えていましたが、信号すぐ手前で青に変わる。私は「ラッキー」と、得した気分で信号を渡りそのまま自宅へ。「アレ……」。気づいたのです。この時の私は（もういいんじゃない）ということなのかな。学校をあきらめたのです。人生の中で悔いが残るとすればこの時に学校をあきらめたことかな……と思っています。65年たって同じミスをしていたのです。

センスの原点

我家の野菜畑のすぐ近くに東京から疎開している人がいました。人のいい父は野菜を届けてあげたりしていたのでしょう。

その方が洋裁で生業《なりわい》を立てていることを知り、私達姉妹の洋服を仕立ててもらう様になったのです。その人はミシンを持ってなく一針一針返し針で縫っていました。手縫いでも見事にミシンと同じ様に縫っていました。その上デザインもセンスが良く、何故か東京の匂いがしていました。

私の家は、昔は半商半農だったのですが戦争を期に農業の方へ力を入れるようになり養蚕も始めていました。品質の良いものは出荷して、くずまゆは自家用で織って染めてもらい着物や洋服に使っていました。

私が中学3年生の時、エンジ色に染めた反物で洋服を仕立ててもらいました。落ちついたエンジ色で、デザインはというとあの時代考えられない様なおしゃれな洋服でした。テーラードの様な大きめの衿になんとキルティングがほどこしてありました。キルティングの模様も素敵でどこからこの様なセンスが生まれるのだろうと、その時、その人の東京での生活を垣間見た様な気がしました。そしてまるで宝塚のスターが着る様なデザインでした。身長156センチ、体重38キロの私をイメージして縫ってくれた洋服でした。

私はそのままでは素敵すぎて着られず、セーラー服の衿を出して修学旅行に着て行ったのでした。

田舎にいながら東京のセンスを学んでいた私は、おしゃれにもお花にも興味を持っていました。ようするにきれいなものが大好き……でした。生涯を通して私のおしゃれの原点はそこにあったと思っています。

専門学校へ

そして色々考えた末に専門学校へ。当時機械編がはやっていました。私はケースに入った編機を持って学校に通うのがあこがれでもあり夢でもありました。機械編・洋裁・和裁・生花と。この中に私の目指す何かがあるのではと期待していました。

作品も何点か出来て気持ちにもゆとりが持てる様になると、何かが違うと思う様になりました。

行動を起こして初めて分かることでした。自分の思ったことと大きく違っていました。そこには美容師を目指した時の様に想い描く絵はなかったのです。

東京

そして気がついた時には東京に来ていました。夢の描けない学校をやめ、地方の大きな百貨店の試験を受け合格し進路が決まったかに思えた……。けれど入社日が近づくにつれ企業の中の駒で終わるのでは……と思い、折角の縁をなかったことにして、知り合いの紹介でもある、あえて個人商店を選んだのでした。

これから何かしようとしている私にとって、一番近い場所ではと思い上京したのです。その時、母は新しい洋服を作って送り出してくれたのでした。

そこは洋装店でした。社長は当時生地屋さんの世界では草分け的な存在で、銀座の一等地にあった生地屋さんで、三越と並ぶ老舗の出身でした。

本店は阿佐ヶ谷の北口にあり戦後が色こく残っている町で、無限の力強さを感じる町でした。そして支店が南口の商店街の中程にありました。

東京に来て初めて自分の力で商品を売り、そしてお金をもらう。子供の頃に受けた衝撃を十数年たって初めて経験する。うれしくて、うれしくて……。

それから毎日水を得た魚の様に働きました。

毎日が幸せで幸せで生地に囲まれているだけで本当に幸せでした。

綿すげの恋

働き始めて3年が過ぎた頃、本店が区画整理のため立ちのくことになり、同じ南口の商店街に住まいを兼ねた店を出しその場所を本店としました。

新しい店が出来ると同時に年配の男性が同僚として入って来ました。その男性はTさんといい、店の売り主でした。歌舞伎役者の様な顔立ちで何でもよく知っていて、ずばずばものを言う楽しいどこか育ちの良さを感じる人でした。Tさんには三人の子供さんがいて長男は高校3年生で二人の妹さんがいました。

長男は学校の帰りに必ずお店に寄り2時間位いて帰って行きました。親が店を手離し生活が一変し、18歳になっていた彼は精神的に相当弱っていたのではと思いました。私はというと仕事が楽しく幸せの絶頂にいました。いつもニコニコしている楽しそうな私に好意を持ってくれ、いつしかお互いを意識する様になり二人が恋に落ちて行くのに時間はいりませんでした。

彼もお父さん似で整った顔をしていました。性格は静かでおだやか。そして何よりやさしかったのです。皆でいる時はあまり話すことはなく、二人になると何でもよく話してくれました。そんな彼の話が好きでした。

私も彼と同じ様に何でも話しました。お互いの気持ちを確認することが出来、何でも安心して話し、また気持ちの上で甘えることも出来る相手が出来ることによって今までに経験したことのない幸せと喜びを感じることが出来ました。

せまいお店の中ですれ違いざまに体がふれる。そのたびに体の中を幸せがかけぬけて行くのでした。夢だけを追いかけていた私に訪ずれた、初めての恋でした。

気持ちの良い季節を迎えていたある日、彼が銭湯に誘ってくれました。二人だけの時間が持てない彼が考えてくれたことでした。

急いでお風呂を出て人気の少ない所を選び散歩する、初めてのデート。どちらからともなくそっと手を握る。そして他愛もない話をする。ただそれだけで充分幸せでした。

そしていつからか腕を組んで歩く様になっていました。何を話さなくても一緒にいるだけで幸せで年下の彼にいつも甘えていたのです。

時に肩から手をそっと回してくれたりお風呂デートを楽しんでいました。

そんな幸せを感じながらも私が年上であることに責任の様なものを感じていました。就職活動が始まりしばらくしてTさんの知るところとなりました。Tさんと一緒に働いている以上、彼とのお付き合いを続けることも出来ず自然と逢うこともなくなっていきました。

就職も決まってなく両親が心配するのも分かりました。そして私もどこかで覚悟は出来ていた様な気もしていました。けれどその後に来る胸の痛さにこの時はまだ気づいてなかったのです。いつか尾瀬で見た綿すげ、少しの風にゆれ、はかなく散って行く様がぴったりの、まるで二人の恋を物語るのにふさわしい花……。

綿すげの恋は終わったのでした。

そしてつらい日々が始まりました。時間が解決してくれると思いながらすごす日々。綿すげの花が私の心の中にドッカリと根をおろし成長して行くのです。

日を追うごとに彼への思いが強くなり私を苦しめました。どれだけの涙を流したでしょうか。どれだけ苦しんだでしょうか。胸が痛くて、苦しくて……、死んだら楽になれるだろう……と。

就職の決まった彼は私が姉のところにいたのを知っていたのでそこまで逢いに来てくれたのです。黒の制服に身を包み、一流の製薬会社に就職したとのことでした。凛とした彼の姿に私は別れを告げたのでした。

その時、こんなつらい恋は二度とすまいと思いました。

お互いの感性と感性がしっかりとからみ合った究極の恋をしていたのだと今でもそう思っています。そして私はこの時の素敵な思い出だけで生きて行けると思いました。

商売の勉強

この様な青春を送りながらも仕事はしっかりやっていました。私生活でどんなにつらいこと、いやなことがあってもお客様には関係のないこと。いつも通りの自分で仕事をしていました。おかげで業績ものび社長の目にとまるところとなりました。

ある日社長から「明日仕入れに行くから仕度をして来る様に」とのこと。出社してみると玄関の前に大きな黒塗りの車が横づけされていました。日本橋から迎えの車が来ていたのでした。社長と車に乗り日本橋へ。初めて見る生地専門の問屋街、日本のファッションがここから始まっているのだと思うと、心がはずむのを感じました。社員の応対振りから社長の大きさを感じました。

いつもはサンプル帳の中から選ぶ。それが今日は現物を見ながら仕入れる。大きな店には品物があふれていました。社長は自由に選ばせてくれ、いい経験をすることが出来ました。もし私の仕入れたものが売れなかったらと責任を感じながらの仕入れでしたけれど、心配をよそによく売れました。

ひと通り仕入れが済むと接待が待っていました。担当の社員は普段から社長と馬の合う楽しい人でした。

社長は福相で、笑うと金歯がこぼれ何とも言えないいいい顔になる。そして性格は豊臣秀吉の様でトンチが利き、口が悪く、この口の悪さがまた魅力になってる楽しい人でした。

その日はお客という立場でもあり特別に盛り上がり、おいしい食事に楽しい会話に大笑いをしながらも、彼の後ろにある家族のための企業戦士の姿を垣間見た気がしました。そして皆んな頑張っているな……と。

その後も時に応じて仕入れに行きました。社長と仕入れに行く……。過去に前例のないことでした。ましてや先輩をさし置いて後輩の私が行くなど……。いやみを言われたり、色々ありました。けれどそれぞれの立場に立って考えると誰も悪い人はいなくて、皆んな一生懸命だったのです。

私は自分は何も悪いことをしていないのにつらかった。なんでこんな想いをと。けれど社長はよく分かっていて、つらいだろうけど会社のために辛抱してほしいと、そしてよく分かっているから……とも言ってくれました。

決算期になると問屋さんは在庫処分をします。太腹の社長は社長のやり方でまとめて全部買ってくる。玄関に続く広い板の間が生地で天井までうまるのです。その反物を一反、一反、品定めをして値段をつけていく。この仕事の時も決まって私が呼ばれ、社長と二人で値段をつけました。商品の中には掘出し物が沢山あります。高すぎて売れなかったものとかもあり、そして目玉商品を作ったり、全部売り切れたら大変な利益になる。時代のあと押しもあり目玉商品をはじめよく売れました。

確定申告の時期になると経理の手伝いをしました。この時期も決まって私が手伝いをするのでした。社員の中でこの様な経験をさせてもらったのは後にも先にも私一人でした。自分の求めていた仕事が見つかり輝いて働けたことは、本当に幸せでした。百貨店をけり、あえて個人商店を選んだ私の判断が間違ってなかったということでしょうか。

そして社長は何故私にだけ前例のないことを勉強させてくれたのか……。色々考えたけれど答えは見つかりませんでした。

本を書くことによって、たまに逢う同僚の話を聞いたり自分が経験したことを総合すると、社長は私をどこかの商店に嫁がせたかった様です。そして銀行さんに縁談を頼んでいた様でした。

そして私は社長のおかげで経営の疑似体験をさせてもらっていたのでした。あえて、小売店を選択したことが正解だった様に思いました。

先輩の姿を見て

先輩は給料が入ると、すぐに色々なものを買って来て、後輩に見せびらかし自慢をするのです。あらいいわねとか、似合うんじゃないとか言っても、私の中ではうらやましいとか思ったこともなく、夢のある私は何も買わなくても先輩以上に幸せなのです。安い給料のお店でしたけれど、結婚する時にはそれなりの額の貯金を手にしていました。この店には給料に替えられないいいものがあったのです。

退職して50年位たった頃、娘さんのTちゃんから私の所に電話があり、元従業員に食事をごちそうしたいと。

健在で連絡のついた人は三人だけで、Tちゃんの弟の車でお邪魔しました。久し振りに会うTちゃんは少し具合が悪そうでしたけれど、一時でも昔に戻れたことが嬉しかった様です。おいしいコース料理をご馳走になり、帰りにはお土産と金一封（10万円）を持たせてくれ、「安い給料でよく頑張ってくれ、ありがとう」と感謝の言葉を後に別れたのです。そして、その一カ月後に訃報が届いたのです。

私はTちゃんの気持ちがうれしくそのまま大事に保管しているのです。そしてTちゃんは私達に感謝の気持ちを伝えるまで死ねなかったのだと思いました。

Nちゃん

私にはNちゃんという友達がいました。彼女はお見合いをし結婚を前に悩んでいました。お嫁に行きたくない!!　夜逃げをしたい!!と。彼女は二度目の母に育てられていました。

母には迷惑をかけられないと泣いていました。私はなぐさめる言葉もなく、ただ話を聞いてあげることしか出来ませんでした。そしてNちゃんは結婚しました。

時を同じくして、私にも縁談が来ました。相手の人は私が働いている真向かいの、毛皮やショールやスカーフ等扱っている店で働いている男性でした。

毎日おはよう、こんにちはと挨拶をしたまに私の店へ遊びに来て油を売っていったりしている幼なじみの様な関係の人でした。私達は彼のことを、HちゃんHちゃんと呼んでいました。Hちゃんから過去に一度プロポーズされ、はっきり断った経緯があり、その時の私の気持ちは他にありました。彼は和菓子で有名な老舗で職人としての腕をみがいている人でした。その彼と何度か話す機会があり彼が好意を持っていてくれることを感じていました。その後、なかなか逢えずにいる時、向かいのHちゃんから正式に結婚を申し込まれたのでした。

結婚 プロポーズ

聞くと、おばあちゃんが私を見染めてくれ、お前の嫁にどうだと言われ本人に異存はなく強い味方を得て私の所へ来たのでした。こうして祖母が私を見染めたことから始まった縁談でした。断っても断っても異常とも思えるアタックでした。

その時私は、叔父さん夫婦も承知の話と勝手に理解していました。向かい合いでもあるし、おばあちゃんから出た話となれば真剣に考えなければと思い、同じ日に休みを取り話す機会を作りました。

色々話してみると商売が出来ることは決まっていました。これは私にとって大きなポイントでした。そんな時Nちゃんが遊びに来ました。久し振りに逢うNちゃんの口から、心配かけて悪かったけれど「今は幸せ」と言うのでした。

「Nちゃんよかったね!!」と、私もホッとしました。結婚は寝起きを共にしないと分からないと言うけれど確かにそうだと思いました。そうは言っても一度として異性を感じたこともなく、自分に合わないことも分かっていたので、断り続けました。けれど叔父さん夫妻と毎日顔を合わせるのがネックで自分の気持ちを無理に結婚の方向へ向けようとしている自分がいることも分かっていました。

そして結婚は一種の賭けだとも思いました。Nちゃんに逢ってから少しずつ私の気持ちに変化が表われました。私が好意を持っている彼とは、お互い好意を持っている段階でとどまっている。一方では是非に是非にと言ってくる。苦しい恋はもう二度としたくない。望まれて行った方が幸せなのか、必要とされて行った方が幸せなのか。相手は目の前にいて毎日顔を合わせる。出した答えは、この結婚に賭けてみようでした。そして賭けてみる価値があるとも思いました。もし結婚が失敗でも商売だけは残る……と。

そして自分の責任において首を縦に振ったのでした。商売を通して相手を理解出来ればこんな幸せはないと考える様になっていました。そしてお付き合いが始まりました。

会話についても話の内容についても何の問題もありませんでした。時にはペアでスラックスを作ってデートしたり、ペアのシャツを着て、普通の恋人をやっていました。

婚約を前に社長の所へ報告に行きました。突然の話に社長は「ああ、そうか」と言ったきり無言の状態が長く続きました。そして私のことを高く評価してくれている言葉を言ってくれました。その言葉の中から、私を社長の納得の行くところへ嫁がせたく考えてくれていたことが感じとれました。社長がここまで私を高く評価し思ってくれているとは思ってもみないことでした。

過去にお店をやめたいと思った時、辛抱してほしいと社長に言われ頑張って辛抱したかいがありました。そして社長は二人が恋愛の延長の結婚と思ったのでしょう。不本意ながらも私の気持ちを優先してくれたのだと思いました。

物差しの違い

婚約をOKしたにもかかわらず叔父さん叔母さんの態度に変化がなく、私はどうしたらいいのか分からず、挨拶をした方がいいのか顔を合わせない様にしようかと気をもんでいました。何かが違うと思いHちゃんに聞いてみました。

すると叔父さん達は何も知らないと言う。私はビックリしました。何でこんな大事な話を。一番先に相談すべきでしょ……と。ましてや同じ屋根の下に住んでいながら、おばあちゃんにしても1カ月も息子の家に滞在していて、Hちゃんにしても何故話さなかったのだろうと。この時、物差しの違いを感じました。

もしかしたら叔父さん達は甥っ子の嫁に私では不満かもしれないじゃない。ましてや長男の嫁ともなれば叔父さんの実家の嫁になるわけだから。

私はいつ断ってくれても構わないからすぐに話してと、他の人から耳に入る前に話してほしいと強くHちゃんに言ったけれど心配していたことが起きてしまいました。他の人から耳に入ったのです。さぞ気分が悪かったことでしょう。

けれど自分の親のお膳立てしたことなので、あまり文句も言えず、なり行きにまかせるしかなかったのではと思いました。私はあの時何故叔父夫婦も承知のことか確認しなかったのか、自分の慎重さが足りなかったために恥をかかせてしまったことが申し訳なく、自分を悔いました。そして物差しの違いを強く感じたのでした。

告白

色々なことがありながらも結納の日取りを決めるべく話が進んでいました。そんな時、商店街のイベントでスキー旅行がありました。私もHちゃんと参加しました。その中に私が好意を持っている彼がいることが分かりました。

彼は私が初めて自分から好きになった人でした。彼は背も高く色白で肌のきれいさが目立つハンサムで、私にはもったいない様な人でした。このイベントに私が参加しているのを彼も分かっていた様でした。

そして気がつくと彼の姿を追っていました。今更どうにもならないのにと思いながらも昼間はそれぞれ仲間達とすべり、夜になって彼は私と話す機会を待っていたのでした。私も彼と同じ気持ちでいたのでお互い引き寄せられる様に、ついにその時が来たのでした。そして彼から結婚を前提にお付き合いをしてほしいと告白されたのでした。その時、私が彼を思っていた様に彼も私のことを思っていてくれたことをとてもうれしく思いました。

「何故もっと早く言ってくれなかったの。私はあなたのその言葉をずーっと待っていたのよ」と心で思いながら。

「ゴメンネ、私結婚するの……」。何故か悲しく、寒空の下で星を見ながら泣いていました。せめて彼の胸に飛びこんで「何故もっと早く迎えに来てくれなかったの」と言って思いっきり泣きたかった。

翌日も彼は何事もなかった様に元気にすべっていました。私は少し休むと言って、もう逢うことのない彼の姿を目で追い心のアルバムに収めたのでした。身長180位のハンサムな彼でした。

そして後に、工場の移転の責任者でもある彼は大変な中にいて、連絡が出来なかったことを知りました。

結納

社長が親がわりになり、自宅の床の間のある広い和室で、目録を床の間に飾り座卓の上には桜湯が用意され、ひと通りの挨拶をされ、略式ながらも正式に婚約が整ったのでした。

第二章

結婚に向けスタートを切ってすぐに
豹変した夫。
望まれてした結婚のはずが、
何故……何故……そこには(−)の何故が。
答えが見つからず苦しんだ30年。
夫のひと言「スナックをやったら……」
スナックをやって得たものとは？

豹変

落ち着かない日も過ぎ、結納が入って初めてのデートの日が来ました。いつもの様に「おはよう」と言っても返事がない。どうしたのだろう……と。出かけることは出かけたけれどそんな状態で楽しいはずもなく、どうしちゃったんだろう、何故しゃべらないのだろう、お店にいる時など人の分までしゃべり、皆を笑わせている人がどうして？

たいした会話もなく楽しいはずもないデートが何回か続き、彼との結婚生活は無理と思う様になりました。

意を決して仲人さんの所へ行き事情を話して婚約を解消してほしいとお願いしました。けれど仲人さんはMさんといって、将校だった叔父さんの元部下でした。さらに妹の夫でもある叔父さんに立場的に言い出しにくいことも充分分かっていました。まして H ちゃんのことは仕事を通してよく知っているので、私の言うことが理解出来ないであろうことも分かっていました。

けれど私も大事な自分の人生を考えると引きさがるわけにはいきませんでした。何とかしなければと、何度もくいさがりました。けれど私の我儘ではと言われ、納得のいく答えはもらえませんでした。そして無情にも時間だけが過ぎて行ったのです。

もう一人のNちゃん

そんな気の重い問題をかかえながらも当事者以外の前では普段と変わらず笑顔で仕事にはげんでいました。

唯一、綿すげの恋の相手のT君の父親でもあるTさんだけに私の気持ちをすべて話し相談に乗ってもらったり、アドバイスをしてもらったりしていました。けれどことは思う様にならず、お店をやめてどこかへ逃げよう……と、思ったりもしました。

けれど何故か叔父さんと叔母さんに迷惑はかけられない二度までも恥をかかすわけにはいかない。この気持ちが重くのしかかり私の決心をにぶらせるのでした。この想いがどこから来るものなのか分からないまま……。

逃げることもかなわず、Nちゃんの言った「今は幸せ」という言葉に夢をたくすしかありませんでした。

結婚の報告を持って実家へ帰りました。何日も休めないのを知ってか母はその日旅行に誘ってくれました。生まれて初めての母との二人旅でした。

そこは母がよく行くお気入りの鉱泉の温泉旅館でした。母は大事なことを話す時の場としてお風呂を使っていた様に思います。子供から大人に変わって行く体の変化についてもお風呂に入りながら、今回も露天風呂に入りながら嫁ぐ娘に嫁としての心構えや夫に対しての心構えを話してくれ、最後に家のことは一斉心配しなくていいと嫁ぎ先を大事に孝養をつくす様にと言って私を送り出してくれたのでした。

そして母はこんなことも言いました。今うちは分家になっているけれど本当はうちが本家だと。祖父に何があったのか跡をついでいた祖父は家を出てしまいました。そして祖母も帰るメドの立たない夫のいない本家での生活にたえられなかったのでしょう。祖母も子供達をつれて本家を出てしまったのでした。

この時のことについて、しっかり者の母は私が祖母の立場だったらどんなにつらくても子供達のために辛抱し本家に残ったと残念がっていました。これが運命なのです。

そして本家の叔父さんも法事の挨拶の中で母と同じことを言っていました。本家は大変な資産家。山、土地、家さく、等々、そして事業をも大きくしていました。織機を扱っていたので一度の取引が高額なため料亭で一席もうけ、芸者さんを揚げての接待が日常で、仕事以外の付き合いも多く、三日にあけず料亭を利用していたのです。それが祖父の日常でした。一人娘が適齢期になるまで、そして娘に婿という言葉が出る様になって、両親との折合いが悪くなり祖父は家を出てしまったのです。戻る気のない祖父に祖母も仕方なく家を出る、結果両親の思い通りに婿さんを迎え、跡をつがせ、この時点で祖父は正式に分家になったのです。そして母は本家の嫁になることなく分家の嫁になったのです。今まで祖父がしていたことを今は婿さんが……ぜいたくな毎日を送っていた祖父には耐えられなかったのでは。どんなにつらかったろうと……と。

祖父は通りに面した部屋を店にして、同じ仕事を始めたのです。つがせるものがなくなってしまった祖父は頭の良かった孫を早稲田大学に入れたかった様で、布張りに金文字で早稲田講義録と書かれている高価な本を何冊も買いあたえて祖父は孫に夢をたくすと早すぎる人生を終えたのです。父は店をたたみ本家で働くことに……。私は毎日父について本家へ、本家は私の遊び場でもあり生活の場でもあったのです。父と五右衛門風呂に入ったり、私の思い出が本家から始まるのはこの様な時代があったということ……だったのです。私は私の家に似つかわしくない本があったり、私の思い出が本家から始まる、お店と呼ぶ部屋があったこと……この3つのことがずっと謎でした。本を書くによってこの謎がとけたのです。祖父の死に追い打ちをかける様に戦争が始まったのです。父は土地もあったことから仕事をやめ、農業を始めたのです。このおかげで食料のない時代でもお腹をすかすことなくすごせたことは幸せでした。そして長男の兄は海軍へ、終戦になり兄は東京まで戻っても受験のため家には戻らなかったのです。そんな兄の力を必要としている父の説得に負け、兄は帰って来たのです。兄は自分の気持ちに折合いをつけられず家で本を読んでいる日が多かった。そんな時お使いを頼まれ、羊かんや大福や最中そしてネーブルを買いに行きました。私はネーブルを知らなかったのです。初めて食べるネーブルのおいしかったこと。10歳離れた兄との二人だけの思い出なのです。

そして兄はどこへ向かおうとしていたのか。真面目で向上心のあるやさしい兄。もしかしたら一角の人になっていたのでは……そんな兄の犠牲の上に今の自分があると思うと兄に対して感謝の気持ちを感じ、夢をあきらめず生きた私の人生それなりに意味があった様に思いました。そしてお世話になった本家の叔父さんの葬儀。初めて見る大きさの花輪、そして数の多さ。式場の入口に飾られた2つのお寺さんから送られた見上げる様な高さの花輪。初めて目にするものばかり、立派な葬儀でした。これだけのお付き合い、さぞかし大変だったろうと思いました。

子供の頃の思い出

帰りの電車の中で子供の頃を思い出していました。私はおばあちゃん子で、おばあちゃんは遊ぶこと、食べることが大好きな人でした。お芝居に映画は変わるたびに必ず見に行き、その都度私をつれて行ってくれるのです。そしてお芝居の時は、当時はやっていた木口袋においしい食べ物を沢山つめて升席を借り、アンカを借りてヌクヌク暖まりながらおいしいお菓子やおいなりさんを食べる。子供心にも幸せでした。

そしてその行き帰りには決まって、この辺の土地は全部うちのものでよその土地を踏まないで駅まで行けたと。そして屋敷の中には大きな木が沢山あったと。いつも同じことを話してくれました。母の話を聞いて当事者のおばあちゃんは母よりもっと重いものを持って生きていたんだなと思いました。

そして思い出すのはおいしかったお料理です。そろばん塾から帰る私のために必ず母は兄が海軍から持ち帰った飯ごうに「おっきりこみ」を入れてコタツの中につるしてくれていました。冷えた体においしさがしみわたります。そして母の愛情を感じる時でもありました。また母と私は誕生日が一緒なのです。

そのせいもあってか母は私のことを一番かわいいと言ってくれるのです。そして、戦中、戦後の物のない時代でしたけれど、二人の誕生日は決まって私の好きな五目御飯でした。母の作る五目御飯はきめの細かいおいしい五目御飯でした。

また本家の嫁をやっていたおばあちゃんはお料理が上手でした。嫁の時代から付き合いのある、何でも扱っている乾物屋さんに新鮮なイカや貝が入ると手作りの塩辛を作ったり貝の酢の物を作ったり、新巻鮭が入ると身は切り身でかまは人参大根を加えて昆布巻きに。時間をかけて煮るので骨まで食べられるおいしい昆布巻が出来るのです。秋になると季節の根菜類だけで煮るザク煮とか、秋ナスや新里イモに大黒という木の子を加えて木の子汁。これも本当においしかった。

そして我家のおいなりさん、油あげを煮た煮汁をつけて食べるのが私の家のおいなりさんでした。普通のおいなりさんと味つけも違い食べやすく何個でも食べられるおいしいおいなりさんでした。兄妹が集まると、最後はお料理談議に花が咲くのでした。

そして東京の国際劇場やお伊勢参りや観音参りをしているおばあちゃんを見ていると、祖父が分家になったことで相当額のお金をもらっているはず。色々なかっとうがあって長く生きられなかった祖父の残したものが沢山あったのでは……。そう考えると一番祖母の近くにいた私はすべて納得出来るのです。そして、何度も死にはぐった姉は、生きている今を大切に、そして祖母に似て遊ぶことが大好きな人なので、楽しいことを仕入れて来ては私達を笑わせてくれるのです。

食の原点は子供の頃の祖母と母の料理にあり、兄弟が集まると必ず料理の話になるのです。子供の頃、食べすぎて嫌いになったものが2つあり、1つはから付きのピーナッツ、もう1つは寿司ねたのシャコ。このシャコを食べすぎて嫌いになったきり今でも口にすることはありません。海があるわけでもないのに子供の頃食べたマグロのトロのおいしかったことが今でも忘れられないのです。

大人になってからの思い出

大人になっても兄弟が仲良く、それぞれの新生活を機に集まる様になると、兄と義弟は尺八を披露し、次女は詩吟を……。ひとしきり飲んだり食べたり話したり。遊ぶこと、楽しいことが大好きで面倒見のいい二人の姉。

長女はどこから仕入れて来たのか見ただけで笑えるおかめとひょっとこの面をつけて踊る（青梅ひょっとこ踊り）。この踊りは何とも楽しくお腹をかかえて大笑い。踊っている本人はすました顔して、この踊りは姉の風貌と相まって人が真似の出来ないいい味を出し、これが大笑いにつながるのです。

そんな時、田舎の兄から紅葉狩りの話が……。マイクロバスを用意したから皆んなで来る様に……と。子供達やお友達もつれて大勢で参加。その日は天気も良く紅葉も見事に色づき、河原にシートを広げ、皆んなで食べる料理もおいしく飲んだりしゃべったり。

すると突然場違いの??音楽が。この時私は（姉はやってくれたな……）と思うと同時に笑い出し、そして次女も兄もOちゃんにはマイッタ、マイッタと言いながら、顔はニコニコうれしそうに踊りだすのです。

見事に紅葉した景色を楽しんでいるところに場違いな音楽が流れ、何事かと河原にいた人達も集まって来て「楽しそうだから僕達も仲間に入れて下さい」と言う。姉は「どうぞどうぞ一緒に踊って……」と。あの場に居合わせた人、特に踊った人達は楽しかったのでは……。そして日頃のストレスを中津川渓谷の川にすべてを流してきたのではと思いました。

また、姉の人生は病気との闘いでもありました。姉が50歳の時、私が立ち会った子宮肉腫。先生は「もって1年、早ければ半年」と言われたあの日から、大きな病気を3回もしながら88歳まで生きた姉の人生。ポジティブ思考に持ち前の明るさや行動力の上にあったのでは……。これは私にも言えることと思いました。

そして何度も死にはぐった姉の気持ちの根底には、生きている今を大切に悔いなく楽しくということがあるので、どこへ行くにもラジカセとテープを持って行くのです。特に三船和子さんの歌う『だんな様』は振り付けが楽しく誰でもすぐ踊れるので、場が盛り上がりよく笑いました。

そして母を招待しての箱根一泊旅行と、翌日の横浜中華街での食事買い物等。これは末の妹の義弟が企画してくれたのです。

兄の挨拶から始まり、母はこの時乾杯のお酒を飲みほしていたのです。その後もお酒をたしなんでいたのです。私はこのことがとてもうれしく、少し救われた様な気がしました。もし私にお酒が飲めたらどんなだっただろう……と。

この旅行は乳飲み子のいる末っ子夫婦が当番の旅行で、ロマンスカーの乗り場に集合。久し振りに母や皆んなに逢い話に花が咲いて、大事なおむつをその場に忘れてきて、それでも宴会には間に合う様行くと言っていた兄に持って来てもらったり、なつかしい思い出です。そして翌日の中華街も楽しいものになりました。

三男の兄はお勤めをしながら趣味の盆栽を勉強し、日本で一番権威のある、あこがれの国風盆栽展に出展することが出来たのです。その年は常陸宮様がお見えになったと聞いています。

結婚式

私達の結婚式は千駄ヶ谷の由緒ある鳩森八幡神社で行われました。私の田舎からも車を仕立て出席してくれました。

まじめで働き者の新郎。笑顔のたえない商売大好きな新婦。それに独立も決まっている。傍目には幸せそのものの様に見えたことでしょう。

夫はどんな気持ちで式にのぞんでいるのでしょうか。私はプロポーズしてくれた時と違うHちゃんに悩みながら、寝起きを共にする様になれば変わるのか、子供が出来たら変わるのか悩みながら、そこにはもう一人のNちゃんがいました。

式が進み、永遠の愛を誓う時が来ました。その時何故か私の好な曲『ラ・ノビア』が頭に浮かんできたのでした。そして『ラ・ノビア』の詩と意味合いが多少違うけれど愛のないいつわりの永遠の愛を誓ったのでした。

新婚旅行

動き出してしまった人生に逆らうことも出来ず、流されるままの新婚旅行でした。松島へ行ったり蔵王へ行ったり流されるままの旅行に初めて見る景色はどこも素晴らしく感じられ私の心をなぐさめてくれました。そしてこの旅行に少し色を添えてくれたのでした。

そして最後に夫の実家へ行きました。私を見そめてくれた祖母と義父母の三人暮しでひと通りの挨拶をしたけれど、返って来る言葉が分からずとまどっていると義母が私に通訳をしてくれました。私の育った家とまるで違い会話の少ない状況にいたたまれず義母に通訳してもらいながら私はおしゃべりを続けました。私のおしゃべりで家の中が急に明るくなり義母が「あんたは、おはなはんみたいだね」と言ってくれました。

※『おはなはん』はＮＨＫの連続ドラマで、軍人の夫と死別して二人の子供をかかえながら、持ち前の明るさで力強く生きていく主人公がおはなはん……です。

この時、夫にはない気使いをしてくれた母に親しみをおぼえました。そしてこの義母とはうまくやっていけそうに思えたのでした。

新婚生活

私の結婚は婚約解消がどうしても出来ず、また叔父さん夫妻に2度までも迷惑をかけることが出来ずした結婚。それがうまく行くはずもなく……。

新居は店から5分位の住宅街の広い通りに面した角地。玄関も広く、廊下も広くそこそこ小じゃれたアパートでした。結婚を機に洋装店は退職し叔父さんの店の西荻窪にある支店を手伝う様に。夫は阿佐ヶ谷の本店勤務。

仕事から帰った夫に「今日はどうだった、忙しかった」とか「どう、忙しい」とかは商売をしている人達の挨拶の様なものなので、その日仕事から帰って来た夫に「忙しかった」と声をかけた。けれどなんの返事もなければ反応もない。「なんでしゃべらないの」と聞いても話さない。初めて経験する会話のない生活。次にかける言葉も見当たらずどうしたらいいのかも分からず、そこにはプロポーズしに来た時の夫の姿はなく豹変した夫がいました。そんな自分がみじめで情けなくてこんなはずではなかった……と。

店では一番おしゃべりで通っている夫。その後も変わることなく、この様な新婚生活がうまく行くはずもなく、自分の思う様にならない夫に「女でもなければ女房でもない」と毎日泣きながら離婚を考えていました。

こんな私の気持ちを義弟は知る由もなく時々遊びに来ました。義弟とは趣味も合い会話も楽しく、その時だけいつもの自分に戻れ笑顔になれるのです。この弟も兄が苦手で遊びに来ても夫に逢うこともなく帰って行くのです。

そんな折、夫との結婚に夢が持てず離婚を考える私が妊娠してしまったのです。ショックでショックで、これで離婚が出来なくなってしまった……と。今の時代と違って、そんな時代でした。そのためによく泣きました。

そしてこのアパートは子供がだめなので妊娠を機に叔父さんの店のすぐ裏の家に越すことに。裏に越した夫はアパートでの夫の姿ではなく、何故か婚約前の普通のHちゃんがいたのです。私はあの新婚の一年誰と暮らしていたのだろう……と思いました。

長男誕生

結婚の翌年に長男が誕生しました。出産を前にお店のすぐ裏に越しました。この家は台所の窓を開けると叔父さんの家の台所の窓が目の前で、普通に話の出来る近さです。長男は叔父さんにとって初めての甥でした。

産後の肥立ちが良かった事もあり誰に頼まれた訳でもないけれど首のすわらない赤ん坊に座布団をあて、首を支えおんぶして店に立ちました。暮れも押しせまったお店はお客様でごった返しているので私は入口に近い所で接客をしていました。扱っている商品は手袋、マフラー、ショール、晴着用のボアショール、シルバーフォックス、高級毛皮とかすべてお正月に必要なものばかり。大晦日はこの様な忙しい状態が朝方の4時5時まで続くのでした。

息子は日を追って可愛くなり、叔父さんは仕事から帰ると「おちびさん」はいるか……と。お店には夫もいるのでつれて行く。するとすぐにオモチャ屋さんへ、息子のほしがるものを何でも買ってくれるのでした。

そして大学生のお兄ちゃん達三人に代わるがわる遊んでもらい、叔母さんは飲みたいもの食べたいもの何でもハイハイと言ってかまってくれるのでした。お正月には1歳になったばかりの長男に叔父叔母そして三人のお兄ちゃん達からお年玉が。中にはそれぞれ1万円札が。昭和38年のお正月のことでした。

長男は本当に可愛がってもらいましたが、家ではとても手のかかる子でした。2年後に長女が生まれました。長女は兄と違っておとなしくまるで手のかからない子でした。

子供が出来共同作業もふえ、夫もよく協力してくれました。目の前には叔父や叔父家族もいるのでアパートでの生活がうその様に何の問題もなくおだやかなごく普通の結婚生活が出来たのはこの5年間だけでした。叔父さんのニラミがきいていたのでした。

夫35歳、私30歳で独立することになりました。叔父は飲食業に興味があった様です。私は選択肢にない職業ですが食の仕事なら失敗が少ないのではと納得しました。

話し合いの結果、中華の店をやることに決定。叔父さんが店舗を探してくれている間、知り合いの店に半年程修行に行き職人さんを頼んでオープンすることになりました。

揚子江オープン

店は西武線の新井薬師の駅から1、2分の場所。裏は駅のホームで10坪程の店は550万余円でした。土地は借地、この物件を叔父さんが用意してくれました。これは叔父さんが事業を始め信頼のおける人材が必要で、姉の長男を東京へ呼び寄せた時に姉夫婦と交わした約束だった様です。改装費は私の実家から300万都合してもらい1階が中華料理店、2階3階は住まいにしてのオープンでした。

当時、中華の店は少なく目新しかったりコックさんの腕もよく、オープンの日からずっと忙しい日が続きました。

コックさんは作ることで手一杯。夫は作ることも手伝いながら出前を一手に。そして、その他の仕事は全部私にかかってきます。午前8時までに子供達を幼稚園へ、コックさんは8時に来るので三人分の朝食の用意をして食べる。私はそのあと2階へ上がり後片付けや洗濯掃除と済ませ、11時にお店へ出る。

11時から出前のTELが入る。ひっきりなしに鳴るTEL。アッという間にカウンターの上に伝票が並ぶ。こうして戦争が始まるのです。

11時半からは26席程の小さな店がすぐにいっぱいになる。お水を出し注文を取る。私の受け持ちは餃子を焼く、カツ丼、親子丼とか定食のセットを準備する。注文が入るとすべてこなしながらお水を出し、オーダーを取り、電話を取り、出来たものを運びさげる。そしてレジをやり、すぐにたまる洗い物、グラスに丼、お皿等アッという間に山になる。少しでも早く少しでもきれいに自分に言い聞かせながら……。

次は何、次は何と頭の中では仕事の段取りを考えながらコックさんの食事を作り、それが済むと少し気が楽に。私や夫は手のすいた時食べる。食事が済むと配達した器をさげてくる。洗い物が山の様に、その間に餃子がなくなれば餃子を包む。餃子を包むのは私が一番早くて一番きれいとよく言われ、それも私の担当になっていました。

一日がこんな調子で手一杯のところへ、夕方になると子供を銭湯につれて行く。時間に追いまくられながら急いで帰り、忙しくなる前に晩ご飯の準備を。店はお昼の時間の様に5分10分を争うことはないけれど、お客さんと出前のTELは相変わらず鳴っていました。仕事は私に5分の休みもくれませんでした。

夕食の時間になると席が空くのを待って調理場の前に座らせて、子供達二人に食事をさせる。その後コックさんの食事を作り、11時に閉店なので私は自分の仕事を済ませ、先に上って食事の用意を。11時～12時頃に食事を。夫は飲むので寝るのはいつも1時半～2時位。

朝起きるのがつらくて、つらくて……。毎日幼稚園を休ませたいと思いながら……、一日休ませたら毎日休ませたくなると思い、皆勤賞をとらせようと自分に誓って頑張りました。そして忘れられないつらい思い出が。

その日長女は具合が悪く園を休んでいました。店が始まるまでは一緒にいてあげられても時間になれば出ないわけにはいかず店へ。しばらくして娘がドアを開け「ママ気持ち悪いよう気持ち悪いよう」と余程気持ちが悪かったのでしょう。それでも行ってあげることが出来ないのです。ゴメンネ、ゴメンネと言うのが精一杯でそばへ行ってあげることが出来ず、あの時のことを思い出すだけで今でもすぐに涙があふれてくるのです。気持ちの悪い娘は、抱きしめてももらえずあきらめて3階まで泣きながら上がって行った時の姿を思い出し、どんな気持ちだったろうと。

この様に子供を犠牲にして稼ぐお金は、子供達のために大事に使おうと思いました。そして田舎から都合してもらった300万円は、利息はいらないと言ってくれたけれど、1割の利息をつけて1年で返済することが出来ました。ラーメン、ギョーザ70円の時代でした。

夫婦の関係はしっくりいかないけれど、もう一人子供がほしいと、長女につらい思いをさせたことが胸にささっている私はもしかしたら離婚をするかもしれない私でしたけれど、ここまで来たら二人も三人も一緒と思い決意しました。もう一人産むことによって子供達のそばにいてあげられる。それが第一の理由でした。

退職金のない商人

私は人生を考える時必ず死から考えます。老後心豊かにすごしたい、それには今何をすべきか答えが見えてきます。働けなくなっても確実に入ってくる収入源を作っておきたかった。今なら出来ると、2階をアパートに1階を住まいにした家を建てようと思いました。そして夫に話す。夫はまるで興味がなく席を立ってしまうのです。それでも私は自分の考えを譲れず機嫌のいい時を見つけては話をしようとすると必ず夫は「お前は俺のいやがることばかり言う」と言ってけんかになるのです。けれど私が折れたら将来がないと私も折れられず、またけんかになりよく泣きました。夢を捨てられない私は、色々と物件を探していました。

Aの物件は住宅街。お店から2分位の場所。Bの物件は駅から2分位のバス通りに面して裏の通りまで抜けるいい物件でした。

私は両方の相場も分かっていたので自分なりにシミュレーションしてみました。住宅街のAの物件なら1階が自宅、2階はアパートに。商店街のBの物件は35坪でバス通りに面していて裏も裏通りに面して、検討してみる価値のある物件と思っていました。1階は12、3坪の店舗で奥は住まいに、2階は早稲田大学が近いので早稲田の学生さん専門のアパートまたは貸店舗に。

改装費も含めると借入金も多くなるけれど収入もそれなりになるはず。お店の2階3階の家賃、アパートの上がり、12、3坪の店舗の上がり、そして繁盛しているお店の売り上げと。検討してみる価値は充分あると、そんなことばかり考えていました。そして出来ることなら12、3坪の店は人に貸さず自分で子供を育てながら甘味喫茶をやりたいと。そして出来ると思っていました。

何より店の売上げが最高の状況で推移している。家賃もなく教育費もかからない今だったら検討してみる価値は充分あると思っていました。

そしてこの物件を考える時、私の夢につながる何かがあるように思えてなりませんでした。けれど私の前にいる夫は婚約を前に二人で夢を語った夫ではなく、婚約を解消しに行った時の夫がそこにいました。夫に納得のいかないことで怒られても、その時おちこんでもポジティブ思考の私はお客様の前では何事もなかった様にいつもニコニコ働いていたのです。

親族会議

この様な日々を送るある日、夫がスナックへ誘ってくれました。店を閉めて出ようとすると夫の友達が来て二こと三こと。すると夫は「先に行ってて」と。待っても夫は来ない、店にもいないお金はなし、鍵もなし。ポケットにはハンカチだけ。子供達は3階で寝ていて声も届かない。仕方なく店の前の注車場の隅のブロックに腰をおろして夫の帰りを待つ。2時、スナックが閉店する時間。帰ってこない3時、4時。一番電車に乗る人がけげんそうな顔でお腹の大きい私を見ながら通りすぎてゆく。5時近く夜は明けていました。

帰って来た夫はあやまるでもなく無言のまま。私も無言のまま。

そして私は身の回りの物を持って夫が寝ている間に家を出ました。二日程して赤羽の店をまかされている義妹からTELが入り、店まで来てほしいと。私は1年生になったばかりの娘と3年生の息子にだまって出ているので一度帰ることに。

赤羽の店に行くと、何とそこには叔父さん夫婦がいたのです。夫からはとても考えられないことでした。夫は叔父が一番こわい人で一目も二目も置いている人が目の前にいたのです。私にも予期せぬことが目の前で起きている。叔父さんが来ることが分かっていれば私も姉夫婦を呼びたかった。そして、姉夫婦も交えて話し合いをしたい。それも出来たはずなのにあまりに思いがけないことに気持ちに余裕がなくそこまで考えが至りませんでした。

私のいない間に夫は何を話したのか。叔父さんは悪かったとただあやまるばかり。私はプロポーズから結納までのいきさつ、結納が入って豹変した夫について婚約の解消を頼みに仲人さんの所へ何度もお願いに行ったこと、すべて話したかった。

でも、私は叔父さんには感謝しているのでただ申し訳なく、そして、お腹の子が20歳になるまで辛抱してほしいと叔父さんに言われました。叔父さんには関係がなく夫と私の問題。納得はいかなかったけれど仕方なく叔父さんの車で家へ帰りました。

その2週間後に次女が誕生したのです。

家出の一件から2カ月位たった頃、叔父さんの所へ行くことがあり、時期を見計らって家の件を話しました。叔父さんはすぐに賛成してくれました。夫は叔父さんの様子を見て、私からいつも言われていることを話すので、叔父さんは夫の考えと思った様でした。私の前とまるで違う態度を取る夫に「何てこの人は調子がいいんだろう……」と思いました。

そして夫は最初に見つけたAの物件の話をしていたのです。私もBの物件を知るまではAの物件で良かったのです。けれどBの物件を知ってからは気持ちが変わり、すべての相場が分かっていた私は、自分なりにシミュレーションして、検討してみる価値はあると思っていたので相談しに行きたかったけれど行けずにいたのです。そして今、目の前に絶好のチャンスが……けれど言い出せない私が……。それは過去に叔父さんから……もう少しHを立ててくれないかなあ……と言われたことが決心をにぶらせたのでした。そして自宅を建てることになったのです。

私の人生の最大の分岐点でした。そして私の人生がここにかかっていたのです。あの時、勇気を出して自分の信じる道を選択していたら……と、もうひと回り大きくなった私がいたと今でも思ったりするのです。

新築

叔父さんの応援もあったので夫はぐずぐず言うこともなく住宅街に自宅を建てました。1階を住まいに2階をアパート2部屋。予定通り部屋はすぐに借り手がつきました。

中華の店を出して9年目でした。予定より2年位遅れたけれど家が建てば、揚子江さんは偉いネ!!と皆んなが夫をほめてくれるのです。だからもう少し素直に何でも話してくれたらいいのにと思いました。

新たな悩み　生活費を一度にくれることのない夫

お店の2階に住んでいる時はお金の置く場所が決まっていてそこから自由に使っていました。好きな時に好きなように。住まいが別になり生活費が必要になりました。私は毎月生活費として20万、25万位のお金を一度にくれるものと思っていました。ところが夫は2万とか3万位しかくれないのですぐになくなる。そしてまたお金。一度にまとめて一カ月分ほしいと言ってもくれない。お酒の強い夫は、毎晩2軒3軒と好きなだけ飲み歩き2時3時に帰って来る。

新たな悩みが生まれました。私は店も手伝っているのに給料もくれない。給料がもらいたいと言うと「夫婦だから一緒だろう」と。変な理屈をつけてくれない。私にはくれないくせに自分は毎晩好きな様に飲みに行って自由に使っている。

お店の2階と3階はというと、空きスペースのまま。不動産屋さんに出すわけでもなく何の手も打たない夫に「空けとくことはないでしょ。貸したら」と言うと「お前は金、金、金と金のことばかり。金の盲者の様に金のことしか言わない」と私を怒る。

自宅の2階の家賃を使えば問題はないけれど、それは筋が違うと思い家賃は家賃収入として銀行へ。生活費はけんかしてでも夫から。そんな生活がつらく姉に話してもらっても友達に言ってもらっても変わらず、2年位そんな生活が続きました。

お金をくれと言うのもいや。けんかするのもいや。お店は空きスペースのまま。貸そうともしない。それだったら私が親の反対で出来なかった美容院を2階でやろう、美容院なら子供の面倒を見ながら出来る、そう思って自分の思いを夫に話すことに。夫は夫で別のことを考えていたのでした。

長女を私立に

6年生の夏休みを前にして夫は急に長女を私立に入れると言いだしたのです。私は娘の性格からして高校までは公立、大学は本人の意思にまかせると決めていました。

私は娘を育てながらこの子は競走馬みたいな子だと思っていました。長男は我儘いっぱいの子で、性格も悪くないのに時々お友達をからかったりおちょくったりして先生から注意を受けていたのです。

そんな時、池袋にスパルタ教育のスイミングクラブがあると聞き二人を入会させたのです。どのような教育をするのか見学に行きました。そこには男性と言ってもおかしくない真っ黒に日焼けしたド迫力のある先生がいました。子供達は真っ赤な顔をしハアハア言いながら坂道になっている舗道を一列になって行ったり来たり走っている。炎天下にもかかわらず頑張れたのは先生の迫力のある激励と指導の中心に愛があることがよく分かったのです。私は久し振りに感動をおぼえながら帰って来ました。

そして翌年に1週間の沖縄合宿。二人は行きたいと言うので思い切って参加させました。6年生と4年生でした。晴海埠頭で結団式。1週間後同じ場所で解団式。船から皆元気に降りて来る。娘は船酔いでスタッフにかかえられて降りて来ました。夫がすぐに娘の元へ。

そして解団式で合宿中頑張った人が表彰されたのです。娘の名前が呼ばれ息子がかわりに表彰状を受け取ったのでした。そして息子にも大きな変化が。家にいる時の息子ではなく、ひと回りもふた回りも成長した息子がいたのです。その後も先生の指導を受けながら中学に入り、部活動が忙しくなり、1年生の夏休みを利用してのアメリカ1週間の合宿を最後に二人はスイミングクラブの井脇ノブ子先生から巣立ったのです。

長女はこの様にライバルがいたり、目標が決まれば頑張れる子なので私はチャンスを与えたかったのです。そして私がそうだった様に自分で自分の道を選択してほしかったのです。けれど夫はすぐに行動を起こし、塾を決め毎日送り迎えをし、結果夫の望む学校に合格したのです。

初めての父母会でテストの結果が上位20番まで分かり娘の名前もありました。自分の順位が分かって発奮したのか成績はぐんぐん上り、3年の3学期には成績ノートを見る限り上位1桁の中の上位にいました。担任の先生は他大受験をとも言ってくれました。けれど私立の良さもよく分かり、またいい先生方やいい友達に恵まれそのまま進級することに。そして卒業後オーストラリアへ1年留学し、社会へ送り出したのです。

余談になりますが、私は井脇先生を見ていて、この先生はいつか政界に出て来ると思い選挙のたび気にしていました。20年位たったでしょうか、小泉政権の時に「やる気、元気、井脇」のキャッチフレーズでピンクのスーツを着て政界デビュー。「ああ、やっぱり私の思った通り……」と、私はうれしかった。そして逢いたいとも。そんな時、偶然国会見学の話が……。季節も良く、お花見を兼ねて行くことに。

ひと通り案内してもらい、議員食堂で食事。その時付き合いのある議員の先生に井脇先生の話をすると「僕が逢わせてあげる」と言って、逢わせてくれたのでした。先生に名前を言うと、すかさずHは元気か……Y子は元気か……と、20年も前の大勢いた生徒の名前がすぐに出てくる。教育者ってすごいなと思いました。そしてしばらく話をし、先生の書いた本をいただいて帰って来ました。季節も良く、桜が満開の時を迎えている千鳥ヶ淵は見事で皆んなでお花見を楽しんできました。思いがけず井脇先生に逢え、ド迫力の指導していた30代の頃の井脇先生を思い出し、心に残る一日になりました。

夫のひと言

結婚して18年。時に体の交わりはあっても気持ちも会話も交わることはただの一度もありませんでした。私は夫に美容院をやると宣言すると、夫はすかさずスナックをやったらと言う。予期せぬ答えが返って来ました。

結婚して18年商売の会話をこばみ続けた夫があとにも先にもただ一度、初めて発した自分の意見でした。夫との53年間でたったひと言。この時夫は一度だけ夫として夫らしくリーダーシップを取ってくれたのです。そしてその後の私の人生は皮肉にもこの夫のひと言から花開いていくのです。

エエッ！　スナック……と。想定外のことを言われ私はすぐに「出来ない」と言いました。すると夫は家でやっていることをやればいいんだヨと。夫は（うまいことを言うな……）と。そして私のことをよく見ているとも思いました。

この言葉が私を動かした様な気がしました。そして、美容院とスナックとどちらに分があるか検証してみました。設備投資、貸す時のこととか色々考えると、スナックの方に分があると私は思いました。

お金のことでもめるのがいやで考えた美容院だったけれど、夫の一言であっという間に状況が一変し、私はまるで夫の手のひらでころがされる様にスナックをやることになったのです。

今までのいがみ合いがうその様に話が進んで行きました。気がつくと、そこには私の人生で一度だけ私が願っている理想の夫婦の姿がありました。

モネオープン

改装は夫の従兄に依頼。営業面積9坪たらずで、最悪一人でも出来る様にとカウンターをメインにしました。屋号は画家の『睡蓮』の絵が好きな私はモネとしました。そしてスナックの経験のある友人二人の力を借りて準備し、スタッフはシングルマザーで頑張っている友人を頼り、若い女性二人交替での素人集団のスナック。当然、接客も素人、会話も素人なので料金も素人の料金に設定しました。

昨日までラーメン屋さんの奥さん。一夜明けたらスナックのママに。インパクトが大きかったのでは……。簡単なセレモニーをして営業に入る。噂が一人歩きし、客が客を呼び2回転3回転と。私はなれない仕事に水を飲んでものどはカラカラ。物を食べてものどを通らず。

近しい友人の中の一人からの気が利かないの何のと、手きびしい言葉が胸をさす。カウンターの蔭にしゃがんで仕事をする振りをしながら涙をふき、またニコニコしながら仕事をする。こんな状況が1週間近く続き、気がついた時には7キロやせていました。

彼女の手きびしい指摘をうけたり気が利かない私でも何の問題もなく、皆んなやさしく良くしてくれました。スナックに出入りしたことのない私はお酒が飲めないし何も分からないので「教えてほしい」と。お客様は気持ち良く親切に教えてくれました。そしてカラオケの機械も良く、音響も良かったのでオープンと同時に歌の上手な男性が決まって四人程見える。どの人も甲乙つけがたく、その歌を聞きに女性客が来る。こんな感じで店が始まるのでした。

会話の上手な人とか格好いい人とか、自分のタイプの人とかが見えると、自然とテンションも上がり同じ空気を吸いながら気持ち良く仕事が出来ました。私は店全体に気をくばりながら、注文の料理を作ったり接客したり、店が満杯の時は3階も使っての営業でした。

活気があり、こんなに楽しくてこんなに儲かっていいのだろうか……と、いつもそう思っていました。

閉店に近づくと、朝練で6時前に家を出る長女のお弁当と朝食を作る。それもお客さんに分からない様に接客もしながら。朝は7時に起き長男と次女に食べさせ、学校へ送り出しました横になる。店に入る前は子供の食事を用意し食べさせ、次女とお風呂に入り、私が働く意味を分かってても分からなくても話して聞かせていました。世の中には色々な理由で困っている人達が大勢いる。そういった人達のためにママは頑張って寄附をしたいと思っている、と7歳の娘とお風呂に入りながら約束をしたのです。「その時は一緒に届けに行こうネ」と娘との約束でもあり自分との約束でもあったのです。

あの時の約束を娘は覚えているだろうか。この時何も出来ない私に考えられる社会貢献は寄附をすること位しかなかったのです。

モネをオープンした頃は歌の全盛期で次から次へヒット曲が生まれ、テレビ局もこぞって歌番組を放映していました。中でも視聴者参加の日本テレビ毎週水曜日の『ルックルックこんにちは』……、沢田亜矢子司会のカラオケ大会。私の店のお客さんを推選して、大会に出ました。私は番組を毎回見ていたので彼女の実力だったらスペシャルが間違いないと思っていましたが本人はA賞で行くと言う。朝の5時にお店で2、3回練習をしテレビ局へ。

本番になると彼女はB賞とショックでした。歌は八代亜紀の『愛の執念』。見事に歌ってくれました。本当に上手な人でした。視聴者の点数だけでスペシャルに届く勢いでその日の最高点をマークしていました。B賞は本当に残念でした。

なつかしいいい思い出です。彼女は今でもどこかで歌っていることでしょう。

仕事にも少しなれた頃、叔母さんとめずらしくお茶を飲む機会がありました。すると叔母さんは思いがけないことを言うのです。それは、夫が「うちのやつがスナックをやりたいやりたいと言うから仕方なくやらせた!!」と……。「それ本当ですか?」「本当だ」と。

「駅から2分の2階と3階、事務所に貸しても年2000万以上になる。借入金が2000万余もあるというのに空けておくことはないでしょう」と、私がつい口うるさく言う。すると夫は「お前は金、金、金とお金の盲者みたいに金のことしか言わない」と私を怒るので、「それなら美容院を」と言ったら、「スナックをやったら」とお父さんが言った。「私はお酒も飲めなく遊びに行ったこともないから出来ない」と断ったと説明しました。

また、これからしようとしている仕事について見学につれて行ってもらったことも含め、一部始終を包みかくさず全部話しました。親族会議の時、言えなかったことも……。で、お叔母さんも分かってくれました。この話は叔父さんにも届いたと思っています。

この時、夫は私を悪く言ってでも自分がいい子になりたい気持ちがそこにあったのだと思いました。

色々ありながらも水商売をすることによって、多くのことを学びました。先の見えない恋に悩み苦しんでそれでも別れられず貢ぐ。そしてその苦しみをはき出したく、私の店へ来る。話を聞いてあげることしか出来ませんでした。

また、恵まれた生活にあきたらずスナックを出し、そして共に店を切り盛りしてくれる若いパートナーと恋に落ち、そんな二人が何度か店に来てくれました。彼女は私がPTA活動をしていた時の友達で気になる噂も耳にしていたので、私は複雑な思いで接客していました。けれど、そんな状況は長く続くはずもなく、心配していた通り二人は地元から姿を消したのでした。

また、上司の不倫相手であるスナックのママのことをすべてを知っている部下は「〝ママ全部いい〟というわけには行かないんだよ……」と聞くともなしに耳に入って来た言葉、この言葉はその後の私の気持ちを楽にしてくれました。私の前にいる夫が私に対してどんなに悪くても、子供にとってのパパが良ければそれで充分と思う様になっていました。

一銭もない

子供達を犠牲にしながら2年半がたった時「少しは預金が出来た？」と聞くと「一銭もない」と。その時、「ああ……この人はだめだ」と。今までずっと信じてついてきた気持ちがくずれ去った瞬間でした。

信じていた夫は自己管理のできない夫だったのです。その夫が経済をにぎっている。夫を変えることは出来ない。

そして私は、夫の飲み代を稼ぐためにこんな大変な思いをしたのではないと思いながらも、口には出さず「今日でお店をやめます」と夫に宣言し、その日で店をやめました。そしてすぐにチーママに連絡し、私の後を頼みました。お客様は何も知らないので「ママは？　ママ？　マスター、ママ呼んで!!」と言われ、夫は私を呼びに来る。私はお客様には申し訳ないと思いながらも二度とお店へ出ることはありませんんでした。素人で何も分からない私に良くしてくれた多くのお客様にはろくな挨拶もしないまま失礼してしまい、本当に申し訳なく思っています。そして借入れ金４００万円余の借金だけが残ったのでした。

この時、私は「夫は借金さえ作らなければいい」と、覚悟を決めたのです。

授業参観

色々ありながらも夫を助けて二人で一本の道を歩いて来たつもりでした。けれど夫の本当の姿を見た。この人について行ったら大変なことになる。その時46歳。夫と決別し、これからは夫の力は借りず自分の力だけで頑張ろうと、夫から旅立ったのです。水商売をして良かったことは、夫の本当の姿を知ることが出来たこと。この時から夫には口も手も出させずすべて一人でやろうとゼロから歩き出したのです。

普通の生活が戻り長女の初めての授業参観日。次女をつれて、次女はぐずるでもなく真剣に授業を聞いていました。そして、「ママ、これマーちゃん分かるよ」と言うのです。

「これアミラーゼって言うんだヨ……」。言い終わるとすぐ先生がアミラーゼと。「ホラネ、マーちゃん間違ってないでしょ……」と。私はビックリして、よく分かったネと聞くと、「だって百科事典に書いてあるモン」と。家に帰るとホラここに書いてあると、場所まで教えてくれるのでした。次女は自宅に越してからは朝起きるとすぐに新聞を取りに行き、洋間でご飯が出来るまで新聞をずーっと見ているのです。受験前の兄は夫から新聞を読みなさいと、口うるさく言われるので「お前が生意気だからお兄ちゃんが怒られる」と言って妹をいじるのでした。

そしてこんなことも。食事に行った時、娘の近くにいたおじさんが「おじょうちゃんは大きくなったら何になりたいの」と聞かれ、すると娘は「日本には女性の総理大臣がいないから私は初代の女性総理大臣になりたいの……」と。

おじさんもビックリ。聞いている私もビックリ。この子何を言い出すのだろう……

いのに。

と。こんな知識どこで学んでいるのだろう。アイウエオなんて一度も教えたこともな

そして保育園が午後休園の日、友達に誘われ何の試験かわからないまま試験を受けにつれて行ってもらう。後日分厚い封書が届きテストの結果と英才教育のパンフレットが入っていました。IQ150の所に◯がついていました。まだ5歳、食べることが何よりも嫌いな娘は色白で体はきゃしゃでとても勉強は考えられずお断りする。

また、ロゴマークが好きで、言葉もしゃべれない時から目に入って来るマークを見つけると「ナショナショ（ナショナル）」「ハムハム（日ハム）」と言って私に教えてくれる。この様に小さい時から光るものを感じていたので、この子を何とかしなくてはと覚悟を決めました。

義弟の事業

夫の実家は祖父と両親の三人暮し。誰か一人帰ってほしいと。相談の結果、叔父さ

んの経営する自動車会社で働いている独身の弟が帰ることに。

弟は田舎の大手自動車メーカーに就職するも長続きせず退職。そして自分で色々やってみるも思うにまかせず悩んだ末にTELをして来たのです。夫は弟の悩みを聞いても二言、三言話すだけで「お前TEL」と言って受話器を私によこすのです。弟も夫に相談するでもなく姉に相談するでもなく、いつも私を頼ってくるのです。

そしてやがて叔父さんの耳にも入り「仕送りを」と……。私は弟の話を聞いてそのレベルの話ではないと、弟になんとか独り立ちしてもらわないと、共倒れになる。そしてこの時私は、一度は面倒を見てあげようと腹をくくりました。

弟は結婚の時も姉に頼むわけでもなく、私に弟の想っている女性との間を取りもってほしいと頼まれ、そして結果二人は結婚したのです。そんなこともあり責任の様なものも感じていました（私はこの時自分の考えをためされる時が来たと思いました）。

そして結婚して初めて義母が上京した時、漬物がビッシリ入った一斗缶を大きな風呂敷に包んで背おって来てくれたのでした。私はこの時、初めて田舎へ行った時、私がいると家の中が明るくなると、そしておはなはんみたいだと言ってくれた義母。私の喜ぶ顔が見たくて頑張って持って来てくれた様に感じ、夫にはない想いが感じられ感謝の気持ちでいっぱいでした。

そして初めて食べる「おみづけ」という漬物のおいしいこと。その後色々な所で食べるおみづけも、義母の右に出るおみづけはありませんでした。商売の好きな私は、いつも義母の漬物を商品化したら売れるのではとそんなことばかり考えた時期がありました。そんなこともあって、第一候補は、山形名物の漬物、よそで売っていない大根のブツ切りの入った義母の作るおみづけでした。

そんな時仕送りを、と言った叔父。中華の店が成功をしていたから出た言葉。この時材料屋さんが頭にうかんだのです。中華の店で成功している。関連している食材の卸なら立地に関係ないと気づいたのでした。

そう思うと、家を建てたばかりで古い家が倉庫に、駐車場もある、経費が一切かからない。初期投資も少なく、マイナス材料がひとつもなく、そこには格言がすっぽりおさまっていました。そして弟に順を追って話すと是非やってみたいとのこと。道筋をつけて、送り出しました。半年程、卸の勉強をし独立したのです。

一年程して田舎へ帰った時、仕事のことも気になっていたので「仕事はどう、うまくいってる？」と聞けども、私の問いに答えはなく、けれど家の中は変わり各自の車はグレードアップ。成功していることは手に取る様に分かりました。行きは納品、帰りはセールス。1軒でも2軒でも開拓する。即、数字に表われる。弟は仕事がおもしろくて仕方なかったのではと。後に10年早くこの仕事をしたかったと言っていた。そして毎年メーカーさんの招待で海外旅行（カップルで）をしていました。

そんなある日、義弟が家を建て直したいと。大工の棟梁をしていた父が建てた立派な家。わずか7年で建て直したいと言うので皆んなびっくり。けれどもモデルハウスで気に入った物件を見つけてしまった弟はあきらめることはなく、夫も母も止めることは出来ず、それならせめて母の気持ちが整理出来るまで1年遅らせてくれと私が言い、それで決着したのです。

1年がたち、父が建てた家をこわすのを母に見せるのは気の毒に想い義母を預かりました。最初は1カ月ということでしたが色々あって半年預かりました。初めて見る家は、間取りも良く、使い勝手も良く、何となく弟の気持ちも理解出来る様な、何か変な私がいました。

義母を送り届けて短期間ではあったけれど嫁らしいことが出来たことをうれしく思っています。そしてこの時嫁としての務めは終わった気がしました。そして弟は私の手から離れて行きました。この時、私は自分の気づかないところで私の夢を弟に託していたのです。弟なら出来ると思い、そしてひとまわりもふたまわりも大きくなってほしかったのです。けれどそこには仕事の会話を嫌う夫と同じ弟がいたのです。

そして私は、弟の嫁は私とは質の違う悩みを持っていた様で、どんなにかつらかっただろうと。それでもグチひとつこぼさず義母が年を取ってからも何ひとつこぼさず最後までしっかり面倒を見てくれたことに感謝をし、そして、嫁のSさんは辛抱強く偉いと思いました。

色々ありながらもこの食材の卸業、弟の努力はもちろんですが的がピッタリ合っていたこと。この考えは納豆を売ってみたいと思った時の考えがベースになっていました。そして私にとって最初で最高の結果を出した、忘れられない心に残る事業でした。私の商売に対する考え方が間違ってなかったことを証明してくれたのです。また考えようによっては、小学4、5年生の私がすでに商売を成功させていたのでは……とも、思ったりして……。

PTA活動

次女も6年生を目前にしていたある日、PTAの現副会長と教頭先生が見えて次期副会長をと。どこから私の名前が出たのか分かりませんがとても出来ないと断りましたが、何度断っても来られるので、副会長を何期かやったことのある姉に相談すると「やりたくて出来る役ではない、いい勉強になるから頑張ってやってみたら」と言われたのです。

この学校に三人の子供がお世話になり最後の年でもあるので、先輩方に教えてもらいながらお手伝いをさせてもらうことに。そして、現副会長さんから全面的にバックアップをするとの心強い言葉を信じて、お役を受けることに。また、夫の協力も必要になると思うので夫の許可を取ってもらいました。

会長副会長は他にも役職を持っているので忙しく、携帯電話のない時代、連絡を取るのが大変でした。学校側もやりにくかった様です。

ＰＴＡ活動も前年度をベースに何事もなく終わるかと思っていたところ、まさかの学校側からの要望で、卒業生の父母と一緒に祝いたいとのこと。会長に報告し、学校側の協力を条件に要望を受けることに。そして忙しい会長さん副会長さんに代わって、いつでも連絡のつく私が中心になってやらざるをえなくなったのです。

私は各クラスの委員さんに集まってもらい当日をイメージし、落度のない様打合わせ、役割分担を決め、料理は私の家で作り、夫に運んでもらう事に、そして当日それなりに謝恩会の形が出来ました。普段逢えない会長、副会長もしっかり立てながら……。

式次第にのっとって式が進み、余興は前もってお願いしていた各クラス、学校側、私達学年委員、先生方は劇を。私達は6年生の、笑った顔を見たことのない学年主任の無口な男の先生を仲間に入れて「天龍下れば」という踊りを踊りました。普段無口な先生もアルコールが入り気分が良かったのでしょう。父兄に向かってヨツーヨーと言って手を振り、普段見ることのない楽しい先生に父兄も大喜び。

学校側はというと「毒」という劇をやってくれました。校長先生は松の木を適役と思ったけれど長い時間腕を高く上げているのも楽な作業ではなくご苦労なことでした。合同の謝恩会をやったり年間の行事を通して姉の言葉通り多くのことを学ばせてもらいました。


ＰＴＡ活動を通して心に残った言葉。実行委員会が終わり校長先生と職員室に戻る時ボソッと校長がひと言。

正しい意見が必ず通るとは限らないんですよネ……と。

強い意見が通るんですよネ……と。

この言葉は私が会議の時に述べた意見への答えと思いました。

卒業式も済み娘と校長室へ挨拶に行くと、校長先生は娘に次の言葉を送ってくれました。

厳しい寒さにたえ美しい花は咲く。
中学へ行っても頑張ってネ……。
娘は今でもこの言葉覚えているだろうか？

娘は地元の中学へ

ここでまたPTA活動、2年書記、3年学年委員長を。学年の長と副がなかなか決まらない時、一人声をあげてくれました。そして年齢が一番上の私が長を、そして彼女が副で活動が始まりました。

そして何故かここでも過去に例のない体育館での謝恩会をと、学校側からの要望があり、相談の結果その様に決めました。小学校の謝恩会と同じ様に、各クラス委員の協力のもと紅白の幕も張ってもらい思い出に残る謝恩会が出来ました。今思うとあの時は精一杯気を使ってやったつもりでも足りないところが沢山あった様に思います。

ひとつ良かったことは、中学は教科ごとに先生が違うのでお世話になった先生にまた用務員さんにも挨拶が出来たことが大変良かったと思っています。ここでは小学校と異なった多くのことを学びました。

52歳　夫の恋　Mちゃん

私は娘の成人式の着物は、紅型と決めていました。紅型は少々高いけれど中華をオープンした頃、娘がドアの所でママ気持ち悪いよう……と言ってもどうにもそばへ行ってあげることが出来ず泣きながら仕事をした日が忘れられず、そんな思いをして稼いだお金、精一杯祝ってあげたいと思っていたので、夫に３００万円用意してほしいと言うと、お金がもったいない、レンタルにしたらと。

そして夫はMちゃんの方がもっと可愛想と言う。彼女は夫が飲みに行くお店で働いている美大生20歳。「何が可愛想なの!!　両親だっているし、ましてやママだっているのに、なんでパパが心配しなくちゃいけないのよ」と私はくってかかりました。

その頃、私はPTA活動を通して着物を着る機会が多く呉服屋さんへよく出入りしていました。そんな時、気に入った柄の反物があり、私は誰が着てもいいと思って買っておきました。その反物で着物を仕立てました。

素晴らしい帯とも出逢いました。格天井柄の二条城やら格式の高い城の天井に描いてある絵柄の帯と出逢い、少々高かったけれど帯はそれにして、その他に長襦袢、帯上、諸々で100万ちょっとで済み夫に払わせました。後日三越に行った時同じ帯が110万で飾ってありました。

帯が立派だったので着物も引き立ち納得のいく成人式を迎えることが出来たのでした。一日締めていてもしわにならない帯、孫のお嫁さんになる人に使ってもらえたらうれしいなと思ったりしています。

往復ビンタ

そんなある日。知り合いのママからTELで、マスターが来ているから出てこないと。久し振りにカウンターでママと三人で話していると例の美大生が来て、夫のとなりに座る。ああ、この子がMちゃん。夫は紹介するでもなく、二人の世界に。私はママと話している。聞くともなしに耳に入って来る二人の会話。冷蔵庫がないとかクーラーがないとかそんな話をしていた。

私の前では渋い夫なので気にもしてなかったのです。その後、彼女がほしいと言った物全部買ってあげ領収書を皆んなに見せていたと私の耳に入って来ました。

暮れもせまった頃、息子が自動車を使おうとすると、運送会社まで荷物を出しに行ってすぐ帰ると出たきりの夫が帰って来ない。「パパ遅いネ」と息子。運送会社は彼女のアパートのすぐそば。もしやと思い自転車で行ってみる。案の定車が止まっていた。

私は植込みにかくれ様子を見ていた。待つこと小一時間。二人は出て来て車に乗り込み走り去る。私は後を追ったけれど見失う。行き先が分からず店の前を通って帰ろうと思ったら車が止まっていた。店の中に二人はいた。

私は娘の成人式に気持ち良くお金を出してくれていたら冷蔵庫もクーラーも許せた。けれどレンタルと言った言葉、お金はいっぱいあるはずなのにあれ程可愛がっている娘に対して、レンタルは許せなかった。

そして二人を前に、心の中では20歳そこそこの彼女を相手に年がいもないと思ったけれど、夫が彼女のことをあきらめ切れないと思い、彼女に向かって「二人のことはよく知っています、夫のことがそんなに好きだったら残っている借金（借金はないけれど）と一諸に夫をあげるからどこへでもつれて行って!!」と啖呵を切って、思いっきり力を入れて夫の顔に往復ビンタをして帰って来ました。

その日、夫は布団の中で泣いていました。そして次の日ママがあやまりに来ました。

第三章

自分をためす時が来た。
スナックマンをオープン。
亡き母が出逢わせてくれたのか、
住む世界の違うお客様。
夫の前の私も、お客様の前の私も同じ
私なのに、何故このお客さんはこんなにも
良くしてくれるのだろう。
何故……何故……そこには(＋)の何故が。
息子の死。

スナックマンオープン

次女は期待にこたえて、第一志望の慶應大学経済学部と法学部に合格。進路は経済学部に決まりました。

そして私は、準備していた新井薬師駅から3、4分のバス通りに面した五差路の2階にスナックマンをオープンしたのでした。ちょっと変わったネーミングの屋号、これは私の尊敬する母の名前。この時、私は必死でした。目の前に娘の教育、そして私の人生が両肩に重くのしかかっていました。母に「助けてほしい見守ってほしい」との願いからつけた屋号でした。そして15歳の時思い描いた人生の青写真を生きようと。それをためされる時が来たのでした。

営業面積8・5坪、家賃25万。スタッフ、全員素人。四人体制。オープンセレモニーは、何を食べてもおいしかった「山うち」のマスターにお願いして、小じゃれたお料理を出してもらいました。

音響も自分が歌ってみて納得出来、気持ち良くオープンすることが出来ました。その時の飲み物の価格は、ニッカウイスキー4000円、オールド6800円、ローヤル8000円、ヘネシー1万8000円、ビール600円。こんな感じだった様に記憶しています。

お店は順調なすべり出しをしていました。オープンして間もなくの頃、開店の準備をしていると、一組のお客様が見えたのです。見ると目と鼻の先の高級スナックの大ママさんでした。しおれたオープンの花があったのでのぞきに来たと、つれの男性は言っていました。大ママさんはさすがにきれいで、娘さんも元女優さんと聞いていました。男性はその店の常連さんでした。カウンターに座りビールを注文。その日早い時間は娘が手伝ってくれていました。私はお客様が入ってきた瞬間、私の店に以合わないお客様、住む世界が違う人、来てほしくないお客様と。そして早く帰ってほしいとも思ったのでした。

お客様は、私のそんな思いに関係なくビールで乾杯すると、いきなり「ママ、魚の中で一番頭のいい魚知っているか?」と。お客様は声が大きく精悍な感じで、押し出しのきくバブルの匂いのする人でした。イメージとあまりにもかけ離れた質問に私は「エー何だろう、何だろう」と娘と真剣に考えていると、「ママ、メダカ!!だ」と言うのです。「メダカは学校へ行っている」と。たしかにそうだけれど第一印象からまるで考えられない会話に思わず吹き出してしまい大笑い。そのあとも似た様な問題をいくつか出して、私と娘を笑わせて30分もいないで帰って行ったのです。

そして帰りしなロイヤルハウスホールドを入れておいてと頼まれたのです。注文すると3万余円でした。ロイヤルハウスホールドは英王室にちなんだ名前の高級スコッチウイスキーだったのです。私は値段をいくらにつけたものかと分からず取りあえず4万5000円に値をつけました。このお客様はIさんという名前でした。

4、5日して飲み仲間と二人で来てくれました。おつれさんはMさん、それはそれは歌の上手な人でした。私の苦手なお客様は不動産関係の仕事をしている社長さんでした。社長さんは女の子達を笑わせ楽しませて会計はボトル4万5000円、テーブルチャージ二名で5000円。合計5万円の伝票を渡すと7万円よこしたのです。私はチップを断りました。すると「ママがとっておきなさい」と。社長も引かないので仕方なく収めたのでした。こうして、社長さんとの不思議な出逢いを経てお付き合いが始まったのでした。

スナックマンのお客様達

当時ママさんバレーボールの全盛期。私も現役の頃はバレーボールをしていた関係で体育連盟の理事をしている地元出身の監督のNさんと知り合いました。このNさんとはモネの時代からのお付き合いで体協、役所関係、仕事の仲間同窓会等々。そして家族ぐるみでお世話になりました。飲む機会の多いNさんを助けてしっかり家を守っている奥さん。その奥さんの周りにはマイクを持って楽しそうに歌っている可愛いいお孫さん達が何人もいました。そこには私の育った環境とダブるものがありました。Nさんの持ち歌は『花と竜』、そしていつのまにかカウンターの隅で寝ているNさんがいたのです。

朝日新聞、産経新聞、ロッテ製菓、カンロ、写真屋さんの二日会、高田馬場の焼鳥チェーン店の従業員とバイトの人達、淀橋市場、タクシー会社、地元の方々……。とにかくお客様の層が厚かったのです。お店は連日にぎわっていました。私の店に似合わないお客様でしたけれど高級店にはない活気が、たまに来て心地良かったのかも知れません。そして会計では決まって2万3万のチップを置いていくのです。断ってもことわっても……。何もお返しの出来ない私は、遅い暇な時間に社長さんが見えると、手元にある材料で簡単なおつまみを作って出す。社長さんは、ママこれおいしいなあ……と言って、おかわりあるか？と言って喜んでくれ、時に社長さんが台所に立って、九州出身の社長さんは、九州名物のダゴ汁を作って女の子達に振る舞ってくれるのでした。おいしいおいしいと、皆が喜ぶ姿を見るのが何よりうれしい社長さんでした。

こんなことがあってから社長さんは出張先で自分が食べておいしい物、めずらしい物があると必ず買って来てくれるのです。おいしいと言って喜び、めずらしいと言って感動する私を見て、今度は何をしておどろかそうか、とか、そんなことを考えている様に私には見えるのです。何の見返りを求めるでもなく、恩に着せるでもなく何でこんなに良くしてくれるのだろう……。何で何で、どうしてどうして。

そして社長さんは礼儀正しい人でマナーも良く私の様な田舎者のおへちゃなママでも大事に接してくれるのです。これから焼肉を食べに行く……と、帰りにはお土産を届けてくれて家へ帰って行く。

またこんなことも。四国の丸亀からＴＥＬが入る。「ママ、ちらし寿司食べるか？」と。食べたいと言うと届けてあげると言う。エ～相手は四国なのに……と。気にもとめず家のことをしていると、２時間もたつかたたないうちに社員が届けてくれたのでした。まだ暖かさの残るちらし寿司が二段重ねのお重にびっしりとつまっていました。開けるとほんのり温みの残るそして絶妙なしっとり感の残るそれはそれはおいしいちらし寿司でした。

この時お寿司をいただきながら社長さんのあまりにも素早い対応に、夫にもしてもらったことのない社長さんの暖かさや、やさしさを感じるのでした。そして大勢いるお客様の中に出世されたお客様もいました。論説委員になられたＩさん、そしてロッテ製菓の重役になられた長渕剛の『しゃぼん玉』が大好だった通称ヨッシー。大好きな『しゃぼん玉』を歌う時のヨッシーは格好良く私のあこがれの人でもありました。そしていつもヨッシーと一諸に来る部下のトリちゃんは細くて背の高い、感じの良かったトリちゃん。なつかしいもう一度逢いたい人達でした。お客様が出世されることはこの上ない喜びでした。

また神楽坂のスナックのママが大好きなH君。ママのことが大好きで苦しんでいた。私はそばで見ていて不憫で仕方なかった。ママに逢いたくて飲みに行く。帰り、肉まんを皆んなに買って来てくれるのでした。本当に気のいい人でした。今どうしているでしょうか。幸せでいてくれることを願っているのです。

仕事の接待でよく店を使っていただいたTさん夫妻。家族で飲む機会があると必ずの様に店を利用していただいた。そしてどんな時でも私を信じ応援してくれ、また私を高く評価もしてくれる数少ないお客様なのです。

そしてこの夫妻とは『かあさんの下駄』でおなじみの、シンガーソングライターの中村ブンさんを通じて親しくなったのです。夫妻はブンさんの大ファンで長いこと応援をしていました。私も『かあさんの下駄』を聞いてファンになり、それからは一緒に応援させてもらいました。

ブンさんは、『かあさんの下駄』の他にも沢山いい曲を持っていて、どの曲にも共通していえるのはやさしさにあふれているのです。そしていつのコンサートも必ずやさしい気持ちになって帰って来るのでした。長年ファンを続けられたのはブンちゃんの作品が良かったから。

長いお付き合いでしたけれど耳が悪くなり、彼の会話も聞き取れなくなりだんだん足が遠くなってしまいました。けれど頑張っている彼には幸せになってほしいと、いつも思っています。彼の歌を地で行っている人もいっぱいいるのでは。彼はトークも上手なのでお悩み相談とか時に自分以外の人の歌も入れたりして、深夜にそんなラジオ番組があったら私は一番に聞きたい。そしてあのやさしい気持ちに出逢いたい。私の好きな曲、一曲あげるとしたら『ルージュの指輪』。この詞の様にチャンスがありながら叶わなかった私の恋を思い出す。一度経験してみたかった。

バイトは全員早稲田の学生さんと聞いていた高田馬場の焼鳥のチェーン店の店長さん。口数の少ない人でしたけれど従業員の気持ちのよく分かる立派な店長さんでした。店長さんは個人的にもよく来てくれていました。バイトの子達の送別会は、お店の営業が終わって来るので1時～1時半頃から始まるのです。よく飲み、よく食べ、よく歌い、若さはじける送別会。お店での働き振りが目に浮かぶ様でした。お開きになるのはいつも午前4時頃でした。

また地元の商店会の役員をしているお酒の大好きな日本そば屋さんのHさん。Hさんの向かいで理髪店を営んでいるTちゃん、Tちゃんのななめ前でとり肉専門店をしているオーナー。三羽烏の様に仲がよく毎晩の様に飲み歩いていたので私の店にもよく顔を出してくれました。歌の好きなTちゃんとは『デュオ　しのび逢い』を二人でよくデュエットしました。

きれいな瞳をして甘えてすがる　赤いキャンドル素敵なあなた……

なつかしい思い出です。三人の中で一番年長のお肉屋さんのオーナーはおだやかで店の女の子達に気を使ってくれていました。そして照れ屋のおそば屋のHさん。彼は私のことをママと呼べず照れかくしにバアさんバアさんと呼んでいた。

このHさんは、バアさんしかいない店をこよなく愛してくれていて飲み仲間や同業者とか、会合があったり飲む機会の多いHさんは足繁く通ってくれました。そしてたまに遅い時間に一人でふらっとやって来るのでした。彼は見かけによらずロマンチストで加藤登紀子の『百万本のバラ』が大好きでした。そして「バアさん、百万本歌ってくれヨ」と言うのです。私もうまくもないのに、ただ好きな曲というだけでその気になって照明を落とし椅子に腰をかけ、足を組んでちょっとだけ格好をつけて、小さな家とキャンバス他には何もない……。なつかしいひとコマです。

そしてこんなことも。久し振りの友達との2泊3日の北海道旅行。食事も済みお店にTELを入れる。社長さんが見えていたのでした。私からのTELに社長さんはすぐに出て、ママのいない店に来て、ママの大きさに初めて気づいた……と言ってくれたのでした。そして「旅行を楽しんでらっしゃい!!」と言ってくれたのです。この「楽しんでらっしゃい」、普通の言葉なのに、社長さんの言う同じ言葉の奥に、イントネーションから来るものなのか何なんなのか分からないけれど、何とも言えない心の底から出て来るやさしさであったり暖かさであったり、また、私の日頃の労をねぎらってくれている様にも感じられたり、色々な想いのつまったこの複雑な、言葉に表わせない感情が私に伝わってくるのです。そんなことがあって前にも増して良くしてくれるのです。何で何で……、どうしてどうして……。

マンをオープンするまでの夫との9年間は一番お金があって、一番つらい思いをしていました。自分は好きな時に好きなだけ使っていながら、夫は日々の生活費を一度にくれることが出来ないのです。2万3万ずつ、くれる時でもいやみを言ったりする夫に、「私はパパの奴隷ではない」と、けんか。

夫サイドから是非に是非にと、断り切れずに賭けた結婚がこのありさま。ファミリーとしての夫には何の問題もなく、むしろ子供達に対しては甘すぎる夫でした。夫は私を前にした時だけ別の顔になるのです。私の前で変わってしまう夫。どこから来るものなのか。もしかして病気なのか？　それが何なのか原因が分からず、ここにはマイナスの何で何で、どうして、どうして……がありました。

そしてマンを出し、降って湧いた様な社長さんとの出逢い。しおれた花が目にとまりのぞきに来た。ただそれだけの縁もゆかりもない私に社長さんのやさしさ、暖かさは、どこから来るものなのか私には分からなかった。何でこんなに良くしてくれるのか、そこにはプラスの何で何で!!　どうして、どうして!!がありました。

北海道のＴＥＬから前にも増して良くしてくれる社長さん。何でどうしてと、そう思わない時はありませんでした。おいしい物めずらしい物の他にも私が喜びそうなことを……。社長さんは芸能界に籍を置いた時代があり、芸能界に付き合いも多く普通なら遠くからしか見ることの出来ない有名人の方達と逢わせてくれたので、『渡る世間は鬼ばかり』の長山藍子さんは年令相応の品の良さが印象的でした。また、ゴルファーの尾崎健夫さんと結婚された坂口良子さん。そばで見る良子さんのきれいなこと、それはそれはきれいでした。夫は大ファンなので抜け目なくツーショットを決めていたのです。
また、伊東四朗さんと小松政夫さんのコンビでもう一度ブレイクしてほしいくらい楽しかったデンセンマンの『電線音頭』の小松さん。お店に何度か来てくれました。そして小松さんが座長を務めるコマ劇場の楽屋に陣中見舞い、胡蝶蘭と差し入れを持って。部屋は蘭でうまっていました。芸能界、大変な世界と思いました
社長さんは夜の六本木へつれて行ってくれると言う。私は着物の似合う美人の友達二人を誘って、六本木へ。そこは有名人が集まるお店でした。挨拶に見えたオーナーは私の知っている元歌手でした。社長さんは松方弘樹さん達の仲間と一緒。飲めない私達はカラオケで歌ったり、いつもと違う夜を楽しませてもらいました。

ファイナルコンサート

ある日社長さんは私を付き合いのある和製レイ・チャールズといわれたフランク赤木という歌手のファイナルコンサートへ。座間のホテルでした。案内された席はメイ

ンテーブル。一人の男性が挨拶に来ました。

しばらくして場内が真っ暗に。突然会場の隅に強烈なスポットライトが……、と同時に悩天をつき抜けるのかの様な声。「I can't stop loving you」と歌いだす。思わず素敵!! ゾクゾク……と。幸せだった。そこには真っ赤なフリルの付いたブラウスと真っ黒のステージ衣装に身を包んだ引退するにはもったいないスターがいました。私は大きな感動をおぼえました。

そして食材のおいしい季節。梅宮辰夫さんを招いてのパーティーは豪快そのもの。高級な松茸25万円。一枚３００gはあるぶ厚いステーキ10枚。浅草から高級なフグを三十人前が届く。オードブルや高級メロン、飲み物はドンペリ。私は下ごしらえを手伝う。松茸を焼いたりお肉を焼いたり。せまい台所で、火が使えれば上等とやさしい梅宮さんでした。

テーブルの上は料理であふれている。こうしてディナータイムが。おいしい料理にはずむ会話。酔う程にディナーからショータイムへ。

ムード歌謡の得意なMさん。何でもOKなもう一人のMさん。このMMコンビのムードのある『コモエスタ赤坂』。当時のヒット曲。続いて『城ケ崎ブルース』『さようならは五つのひらがな』……と、そしてMさんは美空ひばりの『しのぶ』『無法松の一生』を……。めったに歌わない社長も得意な『唐獅子牡丹』をドスのきいた声で天下一品なのです。そして雰囲気の全然違う大下八郎の『おんなの宿』を、これもまた社長さんが歌うと渋い声とぴったり合い3分間のドラマが伝わってくるのです。梅宮さんはというと『一円玉の旅がらす』……という歌でした。のんびりと気持ち良さそうに歌っていました。そこには作られた夜の帝王のイメージはまるでなく、奥様のクラウディアさんに感謝し、そして家族を大切に思っている素の梅宮さんがいました。

パーティーも終わりに近づくMさんの『群青』が始まる。照明を少し落とす。するると社長さんがナレーションを入れる。最後にふさわしい演出でショーは終わるのでした。高級なメロンは上の部分を切って取り、種を取り出し、ドンペリをなみなみと入れて皆んなで飲んで、オーラスは三好鉄生の『涙をふいて』を、男性全員一列に並んでを歌って、会がお開きになるのでした。

あこがれの長嶋監督との出逢い

夫は大の野球好き。夫もご多分に漏れず大の巨人軍と長嶋茂雄さんの大ファンでした。長嶋さんには華があり失敗までもが絵になってしまう、不思議な魅力の持ち主。夫は巨人の負け試合は見たくない人。巨人の雲行きが悪くなると店のテレビを、お客様が見ていても関係なくパチッとチャンネルを変えてしまうので有名でした。スポーツの情報はラジオ、テレビしかない時代。店のテレビがついてない時は巨人が負けている時と店の前を通る人達は皆んな知っている程の巨人ファンでした。

そして、私にとっても夫にとっても忘れられない思い出が……。それは明日キャンプに入るという前夜、銀座の高級ホテルで親しい人だけを招いての監督を激励する会に、私もその席に招待を受けたのです。私は、私の代わりに夫をお願いしたいと言うと、ママも来なければダメだと言われ二人でお世話になりました。親しい人達だけの会なので監督の息使いが感じられる様な距離にいる夫と私。監督は終始にこやかに談笑していました。

ひと通りのセレモニーが終わりディナータイム。すぐ前のテーブルには監督が……。若いきれいなお嬢さんの奏でるハープとピアノ演奏を聞きながらのディナータイム。顔を上げれば目の前に国民的大スターのミスターが。私にとっても夫にとっても考えられない夢の様な現実を経験していたのでした。

激励する会も終盤に近づく。監督は各テーブルに挨拶に。そして一人一人握手と写真撮影に応じてくれたのです。そばで見る監督は背が高くスタイルも良く、物腰のやわらかい紳士というイメージがぴったりでした。そして何よりもオーラがすごかった。スポットライトを誰よりも多く浴びる人。そこには予期せぬ力を引き寄せ、自分のものにしていくプラス思考の人しか経験出来ない構図がある様に思いました。

クリスマスになると彼氏のいないホステス集まれと言って銀座からきれいどころが四、五名来て、お酒も入り、おしゃべりに歌にと。最後にはゲームが始まるのでした。イエス、ノーゲーム。男性が紙に問題を書く。それに対して、イエス？ ノー？で女性が答える。前の人はノーと言った。問題は「キスをしてほしいか!!」と書いてあった。ノーと言って彼女はキスをまぬがれた。次の人もノーと言っておけば間違いないと思ったのかノーと答えた。そこには社長さんが書いたのでしょう。「100万円ほしいか?」と書いてあったのです。ノーと言ってしまった彼女は100万もらいそこねて、キャーキャー大さわぎでした。この様にクリスマスの夜を楽しんで、帰りには毛皮のコートにクリスマスケーキ、それに車代をつけて早めに帰すのでした。

私にもコートとケーキを。この時のケーキがおいしくて、おいしくて。今でも忘れられないでいます。

毎日が忙しく、声帯の弱い私はいつしかのども体も悲鳴を上げていました。仕事を取るか健康を取るかせまられていました。そんな時、お客様の中に一人適任者がいたのです。彼女はシングルマザーで仕事に真自面に向き合っていました。性格もさっぱりしていてどこか育ちの良さが感じられました。私はこの育ちの良さが気に入って、彼女に白羽の矢を立てたのです。見た目は私と真反対。私はどこまで行っても素人。彼女は見るからに玄人。けれどそこは性格の良さで乗りこえてくれると思い、彼女に話すと快く引き受けてくれました。

私の出した条件はその時の店の状況からして考えられない破格の条件でした。彼女は私の店の繁盛振りをよく知っていました。娘さんはこんなうまい話はないと、上司と相談していた様でした。そして私と逢いたいとのこと。私は娘さんと逢い、店を手離す理由から、条件の設定まですべて説明し娘さんも納得し、こうして二代目ママが誕生したのでした。

二代目ママ

スナックマンの二代目ママがデビューしたその日から店は満杯だったと思います。今までのお客様、新しいママのお客様とで忙しい日が続いたと思っています。お店を渡してから7年半営業を続けてくれたこと。それは私がお店を渡す時に出した条件に対しての感謝の気持ちがあったからではないかと思いました。そして私も良くしてあげたけれど、彼女もそれにこたえてくれたことにいつも感謝している私がいました。

そして私は3回目の更新はやめて、お店を持たせてあげたいと思っていました。私の気持ちが通じたのか、ある時、「ママいいお店が見つかった……」と。私は思わず「良かったネ……場所はどこ?」と聞くと、駅ビルの2階とのこと。営業中にお店を見せてもらいました。それなりのお店でした。二代目ママはオープンの日を決めていたけれど、動く気配がないので鍵を借りて、店の中を見させてもらいました。

カウンター外は何の問題もなく、それなりでした。けれど台所と水回りを見ておどろきました。こんな汚いお店見たことがない。もし目の前に元のママがいたら「おしゃれなんかしている場合じゃないんじゃないですか。その前にもっとやることがあるのでは!!」と、言いたいくらい汚い台所でした。二代目ママはきれい好きでピータイルの床まで拭く人でカウンターの中はいつもきれいでした。

この水回りのひどさは、私の手に追えない。私は夫に相談し夫が気持ち良く手伝ってくれたおかげでオープンまでにきれいにすることが出来ました。

二代目ママもマンという屋号を借りたいと言うので是非使ってほしいと。そして駅前のビルの2階にスナックマンが誕生したのでした。

オープンの日は兄の会社の大きなイベントと重なっていました。私も招待されていて時間に遅れない様に来てネと。けれど疲れているママが気になり出来るところまでやっておいてあげようと、お料理を作って運び、それらしくなったところへママが来ました。私はお店にかかった費用を聞いていたので全額をお祝金として包み、その上からのし紙をかけて彼女に「おめでとう……」と。「長い間ありがとう」とお礼を言って兄の会社へ急いだけれど兄の晴れ舞台は見られませんでした。

こうして二代目ママを送り出したのでした。3カ月位たった頃、共通のお客様からマンのママが「大ママの家の方に足を向けて寝られない」といつも言っていると教えてくれました。

麻雀マンオープン

マンを引退しゆっくり静養することが出来、病気も大事にならず済みました。夫は相変わらず1階2階3階と管理していたけれど、3階が空いてもそのまま。

私は健康を取り戻すことによってまた仕事の虫が……。家でゆっくりしていても頭の中はフル回転。仕事をしていた時のお客様との会話からヒントを得て、麻雀屋さんを考えるようになりました。1階中華、2階スナックモネ、3階麻雀。これならなんとかなるだろうと雀荘をすることに。保健所の許可を取ったり、教えてもらいながら麻雀マンをオープン。幸い知り合いの紹介でルールや点数計算に詳しい人がいたのでその方と二人で。その時の私は麻雀を知りませんでした。

全自動の卓を3卓置いて、お客様はタクシーのドライバーさんがメインでした。仕事は最初から順調で、1年もたたないうちに借りてくれる人が現われました。私は自宅のリフォームのことも考えていたのでその方に貸すことにしました。

短い期間でしたけれど、ここでは多くの世界を見ることが出来ました。色々な人生のドラマをかかえている人が多く、お客さんを通して人生を学ぶことが出来ました。そして皆んな人が良くにくめない人達でしたが、ちょっとだけ自己管理の苦手な人が多かった様に思いました。こうして私が設備投資をすることによって、3階の管理も私がすることになりました。

私生活

　麻雀マンを出すことによって生活も安定し、夫からは1円のお金ももらうことなく、お金でのもめごとはなくなりました。次女には卒業旅行のあと合宿をして運転免許を取らせ、社会に送り出すことが出来ました。日々の生活の中では友達に誘われるまま、社交ダンス、フラダンス、クラシックドール、お華、編物。

　編物については、着丈が短くチャコールグレーで中太の糸で編んだ総模様のフィッシャーマンセーターをどうしても着てみたい！　と、私は親友でもあり編物の先生をしているMさんに編み方を教えてもらい、あとは自己流で自分の着ている洋服の寸法に合わせて、衿はやさしい感じのU字型で見事編み上げました。

　黒のスラックスに白のローンのシャツブラウス、その上にフィッシャーマンセーターを着る。そして首にワンポイントとしてスカーフを。見事な出来ばえでした。紺色の無地と2枚編みました。編んでいる時は無になれるので最高に幸せな時間でした。この時は気に入ったセーターが編めたことの喜びだけでした。けれど毎年冬になると、セーターを着る。そのたびに何ひとつ編んだことのない私がいきなり大作をよく編んだと、我ながら感心しています。ただただ着たい一心だったのでしょう。若さってすごい!!と思いました。

私には特に仲良くしている5人の友達がいました。そしてこの5人は揃いも揃って皆んな花札が好きなのです。花札というと聞こえが悪いけれど、人の悪口を言いながらのお茶飲みをするより、10円20円かけて遊ぶ花札の方がありかなと思いました。

私は昔から花札の絵柄が好きだったので花札の絵柄の小皿をデパートで見かけ買い求めました。花札セットも持っていますが、これは日本舞踊の先生をしているママさんバレーの仲間の友人から1万8000円で譲ってもらったのです。色あせたビロードのケースに入っていたものは、私のイメージとはまるで違うものでした。古き良き時代、良家のおじょうさん達が遊んでいたのではと思われる様な可愛い小物がいっぱい入っていました。

色々な遊びがあることも知りました。また、この六人のメンバーは私をのぞいて皆んなきれいでしたから旅先でも男性グループからよく声をかけられました。ご馳走になった時などはお礼をし、後味の良い旅行を楽しんでいました。そしてこのグループは仲も良かったけれど喧嘩もよくしました。若かったということでしょうか。長く続いた会でした。

次女との約束　海外旅行

麻雀マンを出すことによって生活も安定し、夫に世話になることもないので、文句を言われることもなくなりました。店も軌道に乗り、店はスタッフにお願いして合格したら海外旅行へと、次女との約束でした。

二人だけで行くイギリス、フランス、イタリア12日間の旅でした。初めて見るイギリス。目に入って来るすべてが絵画の世界。ビッグベン、バッキンガム宮殿、ウインザー城、大英博物館と、旅行雑誌のツアーコースはほとんど回りました。バッキンガム宮殿へ行った時には、近くにあるケンジントン公園にも寄りましたが、素晴らしい公園でした。色々話しながら散策していると、前方から老夫婦がやって来てベンチに腰をおろす。何ともおしゃれな光景。そこには私の理想とする姿がありました。そして気がつくと衛兵が馬に乗って交替のため宮殿の方へ。いかにもイギリスらしい光景を見ることが出来ました。

そしてハロッズで買物を楽しみ、最後の夜は、テームズ川のディナークルーズ。素晴らしい景色を見ながらのディナー。そのうちにバンドが入る。エスコートされるまま私もステップを踏む。そして素晴らしいとしか言い様のない景観を目に焼きつけながらイギリスの旅は終わったのでした。

フランスもイギリスと違った美しさを持った街で、街全体が美術館みたいに感じました。美術館めぐりに観光地めぐり。最後にエッフェル塔にのぼり、300メートル上空からパリの街全体を眺めることが出来ました。

そして娘にとって一番の楽しみのショッピングにお付き合い。ブランド品の店であちこち気に入った物を探し、最後にパリの三越へ。ここでは買物がしやすく、私の気に入ったものが沢山あり、自分用にお土産にとショッピングを楽しむことが出来ました。夜はまた、セーヌ川のクルーズへ。イギリスと甲乙つけがたい景色を存分に眺めながら美しいという言葉がピッタリのパリの旅が終わったのでした。

そしてイタリア。イタリア行きの機内はなんとなく明るく感じ、無事着陸したことを喜び合うかの様に着陸と同時にドッと歓声が上がるのでした。この時、国民性を感じました。そして目に入って来る景色はイギリスともフランスともまるで違った歴史を感じる重厚な建築物。ゴシック様式、バロック様式に彩られた時空を感じる街でした。パンテオン、サンピエトロ大聖堂、コロッセオ、トレビの泉、スペイン広場等々。そしてジャニコロの丘から眺めるローマの街は本当に素晴らしく、悠久の時の流れを感じ、色々なことを考えさせてくれたイタリアの旅は終わったのでした。

そして、この旅行で改めて色々な国の文化にふれてみたいと思う様になり、それからは相手を探しては色々な国へ。ロシアであったりスペインであったり。そんな時、兄嫁が社員旅行でアメリカへ行くとお誘いが。夫は私の前ではぶつぶつ言いながら兄嫁にはよろしくと。そしてすぐ上の姉夫婦も参加するとのこと。

兄の会社　初めてのアメリカ旅行

楽しい旅行になりました。初めてのラスベガス、グランドキャニオン。両方ともスケールが大きく、特に空から見るグランドキャニオンは素晴らしく感動しました。

翌朝ベストポイントから見る朝日。夜明けと共にあの広大なグランドキャニオンの赤紫がかった赤茶けた岩肌を徐々に染めながら昇る朝日。まるでビーナスの誕生を思わせるかの様な朝日でした。同じ朝日でも富士山の頂上から見た朝日。その他、何度か見た朝日もみな同じ朝日でした。けれどこのグランドキャニオンの朝日だけは何かを感じさせてくれる特別な朝日。私はここへ来なければ見ることの出来ないこの朝日を見て、ツアーのオプションに「サンライズ サンセット」というコースがあることの意味が分かりました。

そしてヨセミテ国立公園のスケールの大きさにおどろき、ロサンゼルス、サンフランシスコ、シアトル、メキシコ……。12日間のアメリカ旅行を楽しみました。

兄の会社　二度目のイタリア旅行

人前では楽しい夫は「来年はギャラを払うから参加して」と兄嫁に言われて気を良くし、翌年もイタリア旅行に参加。ローマ、フィレンツェ、ナポリ、ミラノ、カプリ島、そして青の洞窟。波がおだやかだったおかげで運良く見ることが出来、あの神秘的な何とも言えない素晴らしい水の色は今でも目に焼き付いています。

そしてベニス。サンタルチア駅から、サンマルコ広場までヴァポレット（水上バス）に乗って心地良い風に髪をなびかせながら……。両側から目に入って来る景色のなんと素晴らしいことか。様々な建築様式の建物が渾然一体となってアドリア海に浮かぶ様に水の中に建っています。この素晴らしい、としか言い様のない景色はイギリスのテームズ川、フランスのセーヌ川とも違った水の都ならではの素晴らしさを持っていて何故かロマンチックな気分に。そして感性の合う素敵な人が隣にいたらどんなに楽しいだろうと、そんなことを思いながら「旅情」という言葉がぴったり似合う水の都ベニスの旅は終わったのでした。

後にテレビでサンマルコ広場が映ったりすると思い出すのです。鳩がいっぱいいるオープンテラスでコーヒーを注文する、ボーイさんは背が高くハンサムな青年。兄嫁は多目にチップをはずみ、このおしゃれな空間でのひと時を楽しみ、後の自由行動は寺院を見学したりショッピングをしたりゴンドラに乗ったり。

私は大好きな映画『旅情』の撮影場所へ。私の心に残る旅先で出逢った束の間の恋、その彼との別れのシーン、列車から身を乗り出し必死に手を振るそのシーンを思い出しながら、いくつかの撮影場所を歩く。そしてあの時のキャサリン・ヘプバーンが着ていた洋服が忘れられず同じ洋服を着たくて、似た様な素材の生地をしばらく探し回ったことを今でもはっきり覚えています。ヴェネチアでは、ガラス工房を見学、そして少々お高めのヴェネチアングラスを買ったりした、あの楽しかった旅行を一瞬にして思い出すのです。そしてこの時「行っておいて良かったな」と思うのです。

仲のいい友達と2度目のアメリカ旅行

そしていつも仲良くしているメンバーと2度目のアメリカ。この旅行はラスベガス、グランドキャニオン、アンテロープキャニオン、ナイアガラの滝、そしてニューヨークというコース。初めての場所はアンテロープキャニオン、ナイアガラの滝、そしてニューヨーク。私は特にニューヨークへ行きたかったのです。

ニューヨークで皆んなとショピング。孫達にお土産を買い私は皆んなと別れて一人セントラルパークへ。私には38歳で綿すげの恋以来2度目の恋があったのです。彼はスチュワードを目指して勉強している15歳位年下の学生さんでした。特にハンサムでもなく普通の子でした。

その頃の私はラジオ番組のS盤アワーを聞いていました。『ある愛の詩』が上位にランクされ毎週聞きながら映画を見たいと思っていました。けれど私の友達には私の趣味に合う人はなく、さりとて一人で見に行く気にもなれずにいました。そしてその頃は、私にとって一番つらい時でした。家を建てたい、このことで夫とどれだけけけんかし、どれだけの涙を流し、何回家出して妹のところへ行ったか。人生で一番つらい時でした。そんな時、彼が食事に来る様になったのです。

　彼は千葉県太海の出身で話す相手もなく息抜きをしたかったのでしょう。店のピーク時をさけて来るようになったのです。彼は私のことを奥さん奥さんと呼び、私はTちゃんTちゃんと呼んでいました。年の離れたTちゃん。何故か会話が楽しく馬が合うと言うのか、感性が似ているのか、そんな彼の口から私が見たいと思っていた映画『ある愛の詩』の話が……。やっと会話の成立する相手が見つかり映画デートをすることに。この頃の二人はお互い好意以上のものを感じながらのデートでした。けれどお互い言葉に出すこともなくデートは終わりました。この日を境に益々楽しい日が続き、幸せをかくしきれない私に夫は何かを感じたのでしょう。毎日食べに来てくれる彼の前で私に対する態度が変わっていき、お互いの愛を感じながら逢うことが出来なくなったのです。愛とは決して後悔しないこと……と、名ぜりふを残したライアン・オニールとアリ・マッグローの『ある愛の詩』と共に私と彼とのある愛の詩も終わったのです。

この様な過去を持っている私が30年後にニューヨークに来ることが出来ました。セントラルパークと聞くだけで胸がキュンとする私。ニューヨークの街を楽しみながら孫達へのお土産も買い、私は皆んなと別れ一人でセントラルパークに来たのです。会話を嫌う夫にいつも一人で泣いていた私に手をさしのべてくれるかの様に芽ばえた恋でした。

私は38歳のあの時の私に逢いたくて、そして彼のひたむきな愛、あの時の彼に逢いたくて、一人セントラルパークに来たのです。幸せだったあの時の彼と逢うために。そして18年振りに、二人の恋の原点である『ある愛の詩』の舞台の美しいセントラルパークの景色の中で、思い出の中の彼と逢うことが出来ました。

そして、スチュワードを目指していた彼を思い出しながらアメリカの旅行は終わったのでした。

東欧の旅

その後も相手を見つけては行きたいと思った所はほとんど行きました。相手が見つからない時はツアーに一人で参加して、ポジティブな私は誰とでも仲良くなり、空港で東京と大阪に別れるのがいやだと言って泣かれたあの時のY子ちゃん。

神戸に帰ってからも遊びに来てと!! そしてもう一人のK子ちゃん。二人とも才能にあふれた人でした。帰国後にしていた文通も私の筆不精で終わってしまったけれど、チェコやプラハ、ブダペスト、ドレスデン、ハンガリー、オーストリア等の思い出は残っています。東西ベルリンではホテルのロビーでY子ちゃんとK子ちゃんが中心になってドイツの旅行客と一緒に『野ばら』を合唱したのを今でもなつかしく思い出しています。帰国後二人の『鉄と銅』というタイトルの冊子をよく送ってくれて、同じ感性を持った友達がいるって素敵だなと思いました。

そして私もやっとのことで仲のいい友達と二人でスペイン旅行へ。気のおけない友人との旅は楽しく言いたいことを言いながら、あっちへ行ったりこっちへ行ったり、スペインでは次女にそっくりなリヤドロの置物と出逢いお土産に。またバルセロナではサグラダファミリア、ガウディーが建てたホテルやグルニエ公園。公園から見る景色も素晴らしく、ここがスペインかと思いました。

さらに白一色のミハス、そしてグラナダへ。アルハンブラ宮殿は素晴らしく、日が落ちるのを待って洞窟フラメンコを。夕日の中に沈み行く宮殿は何とも美しく、以前甥っ子があるイベントで美しい曲『アルハンブラ宮殿の思い出』を一人ギターで演奏したのを聞きに行ったことがあり、あの素敵な曲を思い出しながら沈み行く景色を眺めていました。

日が落ち、せまい洞窟の両側の小さい椅子にびっしり座った観光客の目の前で、フラメンコが始まりました。小さい子供から高齢と思える人の踊り、独特な彫りの深い顔にきざまれた深いしわ。その人の人生そのものが顔の表情や、手の指一本一本から感じることが出来、本当に素晴らしく見させてもらいました。

トレドも思い出に残る町でした。小さな町でゴシック様式の建築物が多く、おしゃれでどんな生活をしているのか気になりました。ここは象がんが有名で、私も大好きなのでいくつかお土産を買いました。この他にもロシアやトルコ、ギリシャやカンボジアなど、沢山行っているので思い残すことはありません。

おしゃれも精一杯楽しみました。おしゃれをする理由は、もし好きだった彼やお客様にばったり出逢った時、はずかしくない輝いている自分でいたいから。それが私のささやかなプライドなのです。そんなこともあって、おへちゃな私は出来るだけ身だしなみに気を使っていて、それがいつしか習慣になっていました。そして時に、オシャレねとかセンスがいいわネとかはよく言われました。そして食器も大好きで、よく同じ趣味を持った友達とショッピングを兼ねて食事に出かけ、いい物に出逢えると今日は良かったネ……と、またこようネ……と。

線香花火の恋

豹変してしまった夫。ファミリーとしては問題なく、豹変した目の前の夫とは会話もなく気持ちの変化もなく、婚約前のHちゃんのまま二人の間はせばまることもなく私にとっては形だけの夫婦でした。

望まれての結婚がこのありさま。離婚もしてもらえず、それまでの人生、夫が私に対してしてきたことを考えると、私が何をしても許されると、そして文句も言えないだろう……と、思う様になっていました。そして、もし自分がこの人はと思える人に出逢った時は、その時の自分の気持ちに正直に突き進んでみようと思っている私がいました。

そんな時、兄弟全員でお墓参りを兼ねた一泊旅行を兄が企画。宿泊先は兄の同級生が経営するホテル。その日何故か私は兄の車に、娘達は従妹達と一緒の車に。ホテルに着くとテニスルックのさわやかな社長さんが出迎えてくれ、兄が車を置きに行っている間に初対面の私に関係のない会話をし、その中に私へのメッセージが入っていたのです。私もこの社長さんなら……と、逢った瞬間に社長さんと同じことを同時に感じていました。そして社長さんはホテルの施設を案内したいと言って「5時にこの場所で」と、デートの約束をしたのです。約束の5時、二人が歩き出すと、目ざとく私を見つけた娘が「ママー」と、飛んで来たのです。それで社長さんとのデートは中止になったのです。

そして夜の宴会。社長さんはどんな思いで来たのか。三男の盆栽仲間をつれてビールを何本もかかえ、楽しそうなので仲間に入れてほしいと言ってきたのです。明るい兄弟のこと、社長さんもすぐに溶けこみ座が盛り上がる。久しぶりに逢う姉妹、だれそれの何が聞きたいとかお互いリクエストしカラオケが始まるのです。兄は私の『メランコリー』（梓みちよ）が大好きでメランコリーを歌いました。カラオケに合わせてダンスが始まり社長さんはその時を待っていたかの様に私をエスコートしてくれたのです。社長さんはダンスを踊りながら時々私の体をギュッと抱きしめてくれるのです。幸せでした。そして私も指の先に力を入れ、社長さんの気持ちにこたえていたのです。夫から感じることの出来ない幸せを感じていたのです。

最後に二人で歌いたいと選んでくれた曲は西田佐知子の『アカシアの雨がやむとき』でした。アカシアの雨かやむとき、青空さして鳩がとぶ……と、この曲を二人で歌い線香花火の様な恋は終わったのでした。そして帳場からＴＥＬで食事を出したいと。時計を見ると11時半。遅いので断り、兄嫁がお重にびっしり作ってきてくれたおはぎを、そして箸休めにズイキとコンニャクの炒め煮を食べながら兄弟だけの話にまた盛り上がるのです。この時食べたズイキの煮物のおいしかったこと、今でも思い出すのです。

翌日はお墓参りを済ませ、家の土地の周りがどの様に変わっているのか見ながら、行きつけのおいしいおそばやさんへ。こうして楽しかったお墓参りを兼ねた一泊旅行の旅は線香花火の様な恋と共に終わったのでした。

そして、恋は長さでもなく、短い恋はいい所だけしか見てないのでいつまでも心に残るのだと思いました。43歳の恋でした。

ディスティニーラブ　運命の恋

そして72歳の恋。72歳の恋は突然やって来たのです。

店を閉めようと思っていた時、突然ドアが開き、私の店には似合わない背の高い男性が入って来たのです。その時なんて素敵な人だろう、と。そしておつれさんは店を閉めてから来るとのこと。お客様はOさんといってすでに下地が出来ているので来るなり一曲歌う。私の好きなジャンルの歌。この時私はOさんと感性が似ていることが何故かうれしかった。歌い終わると色々話しだした。おつれさんが来るまでの間に今自分が置かれている状況を包みかくさず話し、そして次回来る日を約束してくれたのです。

おつれさんは私のよく知っている人、Tさんといって、カメラ屋さんを営んでいて最初のスナックモネの時代から大変お世話になっている人でした。この時私は不思議にも「私は、この人に出逢うために今までの自分の人生があったのだ……」と、何故そう思ったのか自分でも分かりませんが、「運命の恋」「ディスティニーラブ」だったのです。そして幸せで幸せで自分の胸にしまっておけず誰かに話したい……。親しい友達一人にだけ、この時の気持ちを話しました。

そして約束の日、2週間後の土曜日。お客さんが帰った後片付けをしている時、彼は約束通り来てくれたのです。色々話したり歌ったり、帰る時がせまっていました。

彼は帰る寸前に意思表示をしてくれたのです。私は覚悟を決めていたはずなのにお酒の飲めないしらふの私は自分の思いと反対の行動を取っていたのです。出逢って2度目で「はしたない」と思ったり、周りの人からあることないことをいつも言われ続けていたので勇気が出なかったのです。

それでも12月30日に彼は息子さん家族をつれて来てくれたのです。この時私は、彼が息子家族を含めたありのままの姿を見て、彼とお付き合いをするか決めてほしいと思って来た様に思いました。息子さんは背が高くハンサムな青年でした。奥さんと二人の子供さんをつれて、初めて私の顔を見る息子さんは、父親の意中の人はどんな人……?と、そんな風に私を見ている様で、この時私は試験を受けている様に感じました。

この日は店を休んで台所回りを整理していました。彼は食事はしてきたので歌だけ歌わせてほしいとのこと。私はお店は休みで仕事の途中なので接待は出来ないけれどそれで良かったら自由に歌って……と。彼とお嫁さんが交代ごうたいに歌っていました。しばらくして息子さんが「ママ何か出来る」……と私は、正月休み前の冷蔵庫です。「カレーうどんなら出来る」と言うと「それをお願い」と豚肉と玉ネギとセリの入ったカレーうどんを作り、私のお気に入りの九谷焼の大きい器の中に入れて出しました。息子さんは食べ終わると、「ママごちそうさま。おいしかった」……と。この時の顔は店に入ってきた時の顔とまったく違うい顔をしていました。そして私は合格した様な気がしました。

私は料金をもらうつもりはなかったのに1万円置いて急いで帰って、あとを追ったけれど間に合いませんでした。お正月が過ぎ、しばらくして新年の挨拶ともらいすぎのTELを入れる。何度入れてもOさんの携帯は私のTELを拒否している様に感じました。私は接客しなかったことを悔いました。そして年が明けカメラ屋のTさんと逢った時「暮れにOが子供達をつれて行ったんだって」……と。「うん来てくれたのよ」と。するとTさんは「子供達をつれてママの店へ行くなんてママに失礼だよ!!」と言ったという。私はTさんからこの言葉を聞いた時、彼はこの言葉に傷ついたのだと分かりました。

この言葉を聞いて私は、Tさんに「お休みの日だから迷惑ではなかったと言ったたつもりでしたけれど」と言いましたが、それがOさんに耳に届いたかどうか？　たとえ誤解であったとしてもOさんにとってあの言葉はショックだった事に違いなく、私がフォローしなければいけないこと、それをしなかったことが気になっていました。

そんな矢先に長男が亡くなりそれどころではなくなり、お互いの気持ちとは関係のないところで運命の恋は終わったのでした。今でも逢ってお話しがしたい、おわびをしたいと思っている私がいるのです。

リスペクト

私のお友達の中のメイングループの中に無尽の会旅行をメインにしたグループが。そのグループの方から声をかけていただいてから20年あまり。今年99歳になったS先輩と95歳のI先輩が中心の会。早くにはサロンカーを使っての旅行でした。私はサロンカーの旅は初めてでした。

飲んだり食べたりしゃべったり楽しいままホテルへ。ひと風呂浴び宴会の時間になると、いつの間に着替えたのか正装して中央に座り歴史のある会にふさわしく貫禄を見せてくれました。家から着物一式持って来ていたのでした。私はその姿を見た時おどろきました。

立派だなあ……と、思いました。そして99歳のSさんと95歳のIさんが中心の会が盛り上がるのです。宴もたけなわになると社交ダンスにカラオケにと、活気がありました品もある素晴らしい会でした。

忘年会では、大先輩二人でいつ作ったのか手作りの衣装でオヨネーズの『麦畑』を踊ると息がピッタリ合って、それはそれは楽しく、ビデオを撮っておかなかったことが今でも悔やまれるのでした。

宴会が終わると大先輩の部屋に集まり、昔のメンバーとの楽しかった話を聞かせてくれたりして、同年代の会と違う学ぶことの多い会に誘って頂いたことに感謝しているのです。そして１００歳を前に今年も常磐津の発表会に、素敵なお召物に身を包み、堂々と声は大きく通り、眼鏡もかけず長丁場のだしもの。本当に素晴らしくいい人生を送っていると、私の生き方の目標でもあります。

その年の新年会は新宿の車屋でした。車屋さんが閉店する最後の日12時〜。お互いの健康に感謝しながらの楽しい新年会も終わり、二時会は歌舞伎町のカラオケボックスへ。七人程参加。途中三人帰り、四人で存分に歌ったり踊ったり楽しんでボックスを出たのは7時を回っていました。そして食事をして帰りましょうと、若者しかいない夜の歌舞伎町を100歳を前にした二人が若者にまじって歩いているうしろ姿を見て（考えられない。そして、なんて格好いい生き方をしているのだろう……）と。その日家に着いたのは10時を回っていました。

後日用事があってSさんのお宅へ伺うとIさんと二人でカマンベールチーズをツマミにお酒を楽しんでいました（あぁなんていい眺め。うらやましい……そして楽しいだろうなぁ……）。その時、お二人の健康といつまでも変わらない気持ちの若さはここから来ているのだと思いました。

またもう1つのカラオケのグループに88歳とは思えぬ美声の持主がいます。彼女はFさんといいウクレレも素晴らしく、私が出逢った時は少なからず活動をしていた様でした。そしてあるライブハウスで、彼女の舞台を初めて見ました。彼女はハワイアン全盛の頃の曲をメインに演奏しながら歌ってくれたのです。私が子供の頃に覚えた大好きな曲ばかり本当に幸せでした。その日一番の拍子でした。そんな彼女を尊敬して共に活動している彼、Kさんはギターで参加していました。そして月に一度の私達のカラオケの会ではハワイアン以外の歌も歌ってくれます。

それにしても素晴らしい声!! 時にKさんと二人でデュエットしたりダンスを踊ったり、そして常に年の離れた彼女を気づかっているKさんの姿を見ていて気持ち良くおしゃれな関係に見えるのです。余程の信頼関係がなければ築けないリスペクトという言葉。この言葉は100歳を前にしているSさんとIさん、そしてハワイアンの年の差カップル、この人達のためにある様に思いました。

自宅リフォームの件でけんか　家出

相変わらず売り上げを家に持って来ない夫。今の生活を落とさないで安心した老後を送るには自宅を二世帯住宅にするしかない。自己管理の苦手な息子がいる。最悪の場合、息子が住んでもよし、上、下貸しても取りあえずそこまでしておけば老後の心配はなくなる。2階のスナックも代替りの時、動かない夫の代わりに私が管理する様になったおかげで少し力をつけていました。私の気持ちは決まっていました。

その日長女家族と買い物の帰りに焼肉屋さんへ行くことになっていました。帰りの車の中でリフォームの話を持ち出す。夫は話を聞くでもなく、案の定怒り出し大きな声でどなる。家を建てる時と同じ状況に。私は悲しかった。

子供達は焼肉屋さんへ行った。孫が迎えに来てくれたけれど断って車の中で泣いていました。孫達には可愛相なことをしたと思っています。そして今回のリフォームも私のお金でやること。夫には一切の迷惑もかけないのに文句を言って怒る夫。そんな夫にいい顔が出来ないでいる私に、一緒にいるのがそんなにいやなら出ていけ!!と。その時、首をたてに振った日からのつらかった日々が一度によみがえり、人生の賭けに敗け、何回となく裏切られそのたびに家出。妹夫婦に世話になりお友達の家にも泊めてもらったり、失うものが多すぎてがまんするしかなかった。

今は娘も社会人で経済的にもなんとかなる。たまたま貸してあったお金100万程、夫が預かって来てくれたそのお金が手元にある。当座の荷物をまとめ、長女の所へ。家に帰らないで毎日いる私に孫が「モモちゃん、ジジが嫌いなの？」と言われる。孫にまで心配させ、こんなことを言わせてはいけないと、部屋を借りることに。荻窪に越して間もなく社長からTELが入る。いきなり「ママ困ってないか」と。私は「大丈夫です」と。社長はお父さんがママを探しに来たと言っていた。私の性格を知っている社長はよほどのことがあったと思ったのでしょう。翌日には私の口座に200万円振り込んでくれたのです。あまりに素早い対応に涙が止まりませんでした。

私はマンを引退した一時期、I社長さんと仕事をした時期がありました。その時の私に何かを感じてくれたのか、私に「僕も色んな人を見てきたけれど、ママの様な人に逢ったことがない……」と。社長さんには感謝の気持ちしかなく、その時の私の行動が社長さんがどの様に感じたかは分かりませんが、感謝している私の気持ちが伝わったように思いました。そしてこの時男同士の友情の様なものを感じました。

リフォームのことでけんかになり離婚を考えての家出。先々のことを考えながら吉祥寺へ。運転免許の募集が目に入り教習を受けることに。免許を取ることで夫に居場所が分かってしまうとはこの時まだ分かりませんでした。家を出たおかげで免許を取ることが出来たのでした。

恋人ゴッコ

荻窪に越して半月たった頃、山梨へ。新宿から高速バスで車内には女性が二人、私は一番前の窓際に座る。すると出発間際にこの席を予約した男性が乗って来た。席を立とうとすると、どうぞそのままと言ってとなりの席へ座る。

ひと通りの挨拶をして窓にもたれて八王子という声に目を開けると外は雪景色。「あら雪になっていたんですネ!!」。彼は私が目を開けるのを待っていた様に話しかけてきた。「今年のお正月はいかがでしたか?」と。私は「色々あって」と言って「どちらからですか?」と聞くと、「大手町から」と言う。ヴィトンのセカンドバッグにダークブルーのコートを着て行儀良く座って。

彼は話し上手で聞き上手。私も家を出て以来、話す相手もなく何かがたまっていたのでしょう。聞かれるまま大方のことをしゃべった頃、「僕は学生時代、沼袋に住んでいた」と言い、私の店の場所まで知っていました。山梨へ着き食事をと誘われたけれど断り、お茶だけご馳走になって別れました。

後にあの時私が着ていたチャコールグレーのフードの付いたロングコート姿が素敵だったと、言ってくれました。そして、あの時の姿が忘れられない……とも言ってくれました。

東京へ戻ったある日モネからＴＥＬが。出ると彼からでした。彼は仕事の帰りに私のいない店に行ってくれたのでした。数日後、彼からＴＥＬがあり荻窪に来ていると「出ていらっしゃい」と初めて正式に逢いました。彼はＦさんと言っていました。Ｆさんとは相変わらず話がスムーズでお茶に食事に楽しいひと時をすごしました。家を出て笑うことのなかった私を久し振りにＦさんが笑顔にしてくれたのでした。誘われるまま時々逢って食事をしたりおしゃべりを楽しんだり、二人の距離がせばまってきます。私はいつか自分の置かれている立場を伝えないと……と思っていました。

自分の想いを伝えてだめならそれまでと思い、思い切って話す。どんなにいい人でも男性は男性。思い切って「大人のお付き合いは出来ない」と伝えると、Fさんは意に反して快く理解してくれました。それまでお互い心の中に何かを持ちながらの付き合いが一皮むけた様に今まで以上に楽しいものになりました。

そして桜の季節を迎え「お花見に行った?」……とTEL。「そんな気分ではないので」と。「これから千鳥ヶ淵へ行こう……」。私の好きなお花見のスポットの1つ。Fさんからの元気な声に気分も変わり行くことに。見事な桜に感動しながら人ごみを歩いていると急に「いいな、いいな」と言う。何のことかと思ったら恋人同士が腕をくんで歩いていた。私は「腕をくんで歩きたいの?」と聞くとそうだと言う。ああ、この人は恋人ゴッコをしたいんだと。そして私は「腕をくむくらいならお安いご用よ」と言って、私もちょっとおどけて腕をくみ束の間の恋人ゴッコをしたのでした。

その後何度か逢って連絡がなくなりました。Fさんも淋しかったのでしょう。心の通じ合う人が出来たのだと思いました。

スナックモモ、オープン

その頃私は第二の人生を送るためスナックを出しました。屋号は私のニックネームのモモエからエを取って、スナックモモ。場所は夫に見つかるのを覚悟で中野に。スナックマンの時代に可愛がってもらった建設会社の社長夫妻が経営している焼肉屋さんの目と鼻の先の所へ女の子を一人たのんでオープン。店の近くに取引のあった証券会社もあり除々に客も増えなんとか商売になりました。

社長さんもよく利用してくれ、社長さんは私が出す分厚く切った大根を鳥肉を入れてしょう油味でやわらかく煮た田舎料理が大好きで、鍋ごと持って行ったりしていました。また、社長さんの会社の旅行やイベントにも毎回参加し、時には社長夫妻と三人で九州旅行にも行きました。長崎のホテルの裏の小料理屋「武藏」。この店のお料理のおいしかったことは今でも忘れられないのです。私の人生№1の店でした。

また、社長さんと付き合いのある『雨』でおなじみの歌手のMさんも一緒に行った箱根旅行。宴会も楽しく二次会はMさんの知り合いの店へ。この店はなかなかいい店で皆んなで大盛り上がり。そして帰りのロマンスカーでは一番前の席にMさんと並んで座り、終点新宿までしゃべり通し。話し上手で気さくな好青年でした。これがご縁でMさんのディナーショーやコンサートにも行かせてもらいました。

スナックモモも徐々に店らしくなり、やれやれと思った頃、運転免許を取ったことから足がつき突然息子が私を迎えに来たのでした。

息子には過去にこんなことがありました。ある日、外出から帰った私は、2階へ上がる階段の壁が大きなお尻の型にへこんでいることに気づきました。何があったの？と息子に聞いても何も言わない。私は常々息子に「パパと本気でけんかしたらお兄ちゃんが勝つに決まっている、だからどんなことがあっても絶対に手を上げないでネ」と言い聞かせていました。

壁を指して、「アレは何」と言っても何も言わない。洋間を出た先が壁。あのせまい出入り口の所で183センチ、90キロ以上もある大男。どうやったらあのしっかりした壁がへこむのだろうと。よくけがをしなかったと。間が悪ければ大変なことになったかもしれない。私は「よくがまんしてくれたね」と言うと「だってパパには良くしてもらったから」と言うのです。私は思わず息子を抱きしめて泣きました。

こんなことが過去にあったので、私のいない間に何があったのか？　何があってもおかしくない夫。夫だったらどんなことがあっても家には戻らない。息子に来られて仕方なく戻ったのでした。そして半年振りに戻った家はすっかり変わっていたのです。洋間のじゅうたんがフローリングに変わり、そこにあったピアノ、4チャンネルのステレオ、お気入りの応接セット、思い出のつまったレコード盤にレコードケースが消えて、何もないからっぽの部屋があったのでした。

夫は意味もないリフォームを何故したのか。もしかして私に対抗していたのかも？この様に、夫はいつも捨てる様なお金の使い方をするのです。私は家に戻ってからもお店は続けていました。そして免許を取った私は運転の練習のためお客様を送り届け、一人になると好きな曲を聞きながら道を覚えるために少し遠回りをして帰るのでした。車の中で聞く曲は、格別で私の一番好きな心休まる幸せな時間でした。

自宅のリフォーム

そしてリフォームも同時進行していました。色々考えた結果2階は住まいに、1階には高い家賃のモモは思い切ってやめ、いながらにして出来る予約のみの店を作ろうと思ったのでした。モモに投資したカラオケ機械、製氷機、冷蔵庫、すべて持って来て、夫の店の力も借り飲んで食べて歌える予約のみのお店をオープンしたのでした。

お客様はモネの時代、マンの時代、モモのお客様、それに田舎の同窓生にもよく利用してもらいました。また普段親しくさせてもらっている夫妻を中心に私がサポート役で立ち上げたカラオケや旅行をメインにした会。その他にもダンスの仲間など多くの人に利用してもらいました。カラオケの音響も良く、その頃よその店にはなかった自分の歌をCDにすることが出来る機械も置いていました。下手でも自分のCDを作っておけば良かったと、今は思ったりしているのです。そしてこのリフォームは自分が病気になった時のことも考えてのリフォームでした。

町中サロンポラリス

空いている時間を使って私の夢でもあったボランティア活動をすることにしたのです。中野区の社協の活動で町中サロンを知り、町中サロンを立ち上げたのです。

この活動は自宅を地域に開放し地域の高齢者の方達との交流をするのが目的なのです。その頃、私の思いにいつも気持ち良く協力してくれる気のいい仲間が五人いましたのでスタッフは私を含めて六人でスタートしました。

サロンの名称はどうしよう……。その頃韓流にはまっていた私はブームに火をつけたペ・ヨンジュンとチェ・ジウ主演の『冬のソナタ』!! そのドラマに出てくるポラリスとは、北極星のこと。そしていつも同じ場所にいる星。何となく自分の思いと合致するものがある様な気がして、町中サロンポラリスと決めました。

サロンは2カ月に1回、第3（水）、会費200円。スタッフを含めて二十名位。

4000円も集まると、結構テーブルがにぎやかに。最初の1、2回は雑談を。目の前に手作りのものがあると会話もしやすく場が盛り上がりました。

そして会話の中からいくつかテーマが見えてきたり、私も他のサロンに参加させてもらい勉強したり、区のお話も聞きながら手さぐりの活動が始まったのです。毎回会が終わると私が手元にある材料でちょっとした物を作り、スタッフだけのお茶飲みです。この時間を皆んなは待っていてくれた様に思いました。そして次回の打合わせを兼ねた反省会は終わるのです。そして11月最後のサロンオープンの日に、何と区から謝礼を渡されたのです。私はもらうつもりもないので区からの1万円を報告し、このお金を使って忘年会を兼ねた食事会をしない？と提案。皆んなに異存はなく、毎年このパターンで7年間活動を続けました。けれど続けられない事情が……

残念ながら町中サロンポラリスは7年の活動をもって閉店したのでした。そして私はこの活動を通して一人の女性と出逢ったのです。その方は私が勉強のため参加させてもらったサロンのオーナーでした。彼女は手作りの紙芝居を作っているという。そしてその数が確か7、80冊といった様に記憶しています。私は早速自分のサロンにお招きし、彼女の手作りの紙芝居を見せていただきました。タイトルは『大根の花』でした。

戦争が終わり復員する一人の男性が汽車に乗ろうとした時、目の前の土手に咲いていた大根の花があまりにもきれいなので日本に持ち帰り日本の土手をこの花でうめつくそうと。そして二度と戦争はしてはいけないと自分を律するためにもと思って持ち帰って植えたのがこの大根の花だったのです。

この方はかなり高齢に見えたのでお年を聞くと、85歳と言っていました。私もこの方の様な生き方をしたいと、私の人生で影響を受けた方でした。

大根の花にこの様なエピソードがあるとも知らず、私は毎年、庭の小手毬と大根の花を生け、近所の土手から菜の花とつくしはキンピラ風に炒め、そこへ和菓子の練り切りを半月盆にきれいに並べヨモギのハーブティーを入れて、お花を眺めたらゆっくりと春を楽しむのが私だけの毎年の行事なのです。

揚子江　閉店

夫は創業43年で中華料理揚子江を閉店したのでした。78歳でした。ラーメン70円、餃子70円、カツ丼、酢豚300円、ビール170円、ジュース50円と、43年前はこんな感じでした。

当時は日本そば屋さん、食堂が主流で、中華料理の店はめずらしい時代でした。小さなマーケットや個人商店が主流の時代でした。

この様な値段での商売。オープンから10年位の間で除々に単価も上り、年商2000万～3000万円に。そして10年目には4000万円を下りませんでした。この様ないい時代が何年か続き、同業者がボツボツ出来たと同時にコンビニが出来、除々に影響が出始めたけれど極端に売上げが落ちることもなくそれなりの商売は出来ていました。

いい時代でしたので、夫と将来に向けての会話が普通に出来ていたらビルの1つや2つ間違いなく建てられたと思います。この恵まれた時代をもっとていねいに生きたかった、けれどかたくなな夫を動かすことは至難のわざで私の努力の限界をこえていました。

夫は閉店を機に「お店と家のこと全部お前がやってくれ」と言って一冊の通帳を。中を見ておどろきました。何――。これだけ？　私の15年分の給料は!!　そんなものとっくにない……と。

お金が底をついて来ているのは分かっていた、覚悟はしていたとはいえ、いやみのひとつも言わないでいられませんでした。そこには7ケタの数字もなく、私の思った通りの夫がいたのです。そしてこの時、私はいっそのこと一銭もないと言ってくれた方が夫らしくていいとも思いました。

家を担保にお金を引き出す。私はこれを一番心配していました。お金の匂いから加齢臭の匂いに変わって行く夫の周りにお友達はいなくなっていました。そのおかげで無きずな家が残ったのでした。

年金倶楽部オープン

西武線の地下化に伴いに駅前が開発される。その流れで駅ビルの話が本格化。地権者が集まって一回目の会合が持たれました。この時、私は最後の仕事として隣の店を買って5階建てのビルを建てるのが最後の仕事と決め、その様に着々と話を進めていました。そんな私の苦労と夢が水の泡のごとく消えたのでした。

不本意でも進む方向が決まった以上開発が始まるまで建物を持たせるのには全体的にメンテナンスが必要。それならついでに自宅のカラオケの機械一式も運んで夫と私の最後の居場所に。そして出来るところまでやってみようと……。その時考えられるベストな考えでした。高齢者を対象にしたカラオケ年金倶楽部マンはこうして出来たのでした。

店の改装については従弟にお願いしていました。そんなある日ある出来事で、仕事をしていた従弟といつも私が助けてもらっている友人が、本当の夫の姿を知ることになったのでした。それは書くこともはばかれる状況でした。それまで誰にも信じてもらえず一人で苦しんでいた私は、その時やっと私の悩みを理解してくれる人が二人出来たことがうれしかった。そして少しなぐさめられた様な気がしました。

こんな想いをしながらも何事もなかったかの様に笑顔でオープンしたのでした。この頃は昼カラオケがはやり始めていました。店は、私や夫の知り合いや、前からお世話になっているタクシー会社（4社）からの予約や、私の関係の仲間、フリーのお客様やらでなんとなく店らしくなりました。家賃のない気楽さもあって、心豊かに老後が送れそう……と、その時は思っていました。

そしてどの店の時もいい出逢いがありました。年金倶楽部ではプロ歌手として『母へ』を歌っていた中村一夫さん。現在歌手活動を続けている『おんな石松一人旅』を歌っている岩田美智子さん。

岩田さんは作詞の赤池先生が地元ということもあり、地元の有志の応援もあって毎年お祭ではメインゲストとして小気味のいい『おんな石松一人旅』を歌って華を添えてくれています。中村さんのグループは1つの型が出来ていて、苦労をかけた母への想いが伝って来る素晴らしい曲『母へ』を中村さんが歌う。次の曲はガラッと変わってムード歌謡。中村さんとコンビを組んでいるUさんも独得な甘い声の持ち主で二人のハーモニーは最高でした。

私は特に森雄二とサザンクロスの『好きですサッポロ』、アントニオ古賀の『その名はフジヤマ』、弦哲也の『TOKYOイレブン・ラブコール』が大好きで、まるでショーを見ている様な気分になれるのでした。どの曲も皆んななつかしい曲ばかり。余談になりますが、『TOKYOイレブン・ラブコール』は、友達のご主人が弦さんを応援していた関係で、私達六人グループも弦さんの演歌100番勝負と銘うったキャンペーンを応援し、色々な所へ行きました。そんなこともあって私の店モネでキャンペーンを兼ねたミニコンサートをしたのです。

その後作曲家になり川中美幸の『ふたり酒』がヒットし一躍時代の寵児に。そんな時、池袋のサンシャインホテルでのディナーショーでの最後の抽選会で「ゾロ目です……」と。私は111のゾロ目を持っていたのです。この時、何故か「私だ」と直感的に思ったのでした。

弦哲也ディナーショーでの抽選会で特賞を

私の直感通り111番で特賞を。そして景品は日立の24インチテレビでした。大きな舞台に立ち、弦哲也さんのインタビューに足がふるえていました。

この様にいいお客様に恵まれ、老後の二人の居場所がいい感じの店になっていました。私はまだ74歳。もう何年かは働けると思っていました。

そんなある日知らない女性からTELが。夫に「レイプされたから慰謝料を30万払え」と言うのです。夫に聞くとしてないと言う。飲んだお店を聞きママに話を聞くと、中学生のいる50歳位の人だという。2度目のTELで、慰謝料を払ってもらえなければ訴えると言う。私は「中学生のいるお母さんがレイプされたもないんじゃないですか。誘われたからとはいえ、のこのこ飲みに付いて行ったり、定休日のカラオケの店（この店は二代目ママの店で夫が管理をまかされているので鍵を持っている）に行ったり、いくつになっても男は男ですよ‼と、少し学習が足りないのではないですか」……と。そして「訴えてもらって結構です」と言ってＴＥＬを切りました。以後ＴＥＬはありませんでした。中華の店をやめ、夫の病気が少しずつ進んでいる様に思い、この一件を一応娘に話しました。

そんなことがあって10日もたたないうちにまた、別の女性からＴＥＬ。今度は夫に内容証明を送ったけれど連絡がないと。慰謝料を30万払えと。夫が何をしたのか聞いても本人に聞けとの一点張り。夫に聞いても何も言わない。２度目のＴＥＬ。私は内容も分からないのにお金は払えない……と、話しているところへ娘が虫が知らせたかの様にめずらしく顔を見せてくれた。私の様子を見て、また？。そうだと言うと私が替わると言って、娘は「母に関係のないこと、言いたいことがあったら私に言って下さい」ときっぱり。３度目のＴＥＬはありませんでした。私は世の中がきびしく変わってきている一面を見た気がしました。

年金倶楽部閉店

夫の女性問題でごたごたしている頃、歌も上手で感じも良く私達にも良くしてくれるフリーの若いカップルが来店する様になりました。おまけに、奥さんが夫と同郷ということで二人が見えると、夫は奥さんのとなりへ座っておしゃべりをしていました。夫と「いいお客さんが来てくれて良かったネ」と話していました。

女性の一件も落ち着きほっとしていた矢先、今度はお店のＴＥＬに男性がかけてきて、ＴＥＬの向こうで激昂しているのが分かる。相手はなんと、あのフリーの若いカップルのご主人でした。大きな迫力のある声でまくしたてられ恐いと思いました。お店の中だし突然のことなので、ただだまって聞いていました。相手の要求はお金でした。

自分が仕事でいない時、奥さんしかいない家に夫が来ると思うと心配で仕事に行けず休んでいる……と。引越しも考えているとも。そして休業保障50万払えということでしたこの電話が何回かかかって来る。大きな迫力のある声で、私は安定剤を飲んでも寝られない日が続く。店のTELではしゃべれない私に業を煮やしてか、今度は自宅の電話にかかってきました。夫に色々問い正すと、確かに相手の言う通り家に上がって旦那さんも一緒にいるところでビールをごちそうになったことが一度あると言う。

私は納得のいかないことを聞こうとしても聞かず一方的にしゃべるので、録音して話を整理しようと、2度目の電話を録音しました。そして矛盾点を指摘していきました、次々に。すると、私の指摘に墓穴を掘るはめになると思ってかこの辺で「手を打とう」と言うのです。

あれ程私をおどしておきながらどういうこと!! 私には理解の出来ない言葉でした。条件を聞いてまたびっくり。条件は「お店でビールを2本飲ませろ」でした。あれだけの大芝居をして、これ!! 私は二度と顔を見たくないし、私的には許せなかった。けれどたしかに夫はビールをご馳走になっている。そして短い間だったけれどその時の二人はいいお客様だったわけだからここは相手の要求を飲もうと、遺恨を残すことなく終わったのでした。

こんなことが続き、私にとっては最高の居場所と思えたけれど二人にとっての居場所ではなかった。傍から見て何の問題もない様に見える夫。何か大きな間違いを起こしてからでは遅い。夫を一人にしておけないと思い、お店を貸すことにしたのです。

息子の死

息子は大学を出て一度は就職をしたけれど、縁あってメガネの世界へ。店を持つことを前提に勉強し修業し店を持つことになりました。私は地元か野方あたりを想定していました。けれど息子が見つけてきた物件は神田の駅から5分位のビジネス街の角地。条件を聞いてビックリ、私は大反対をしました。

息子は乗り気でお金を出すのは夫。私もスナックを出したばかりで忙しく、三人でしっかり話し合うことも出来ないまま話が進んでいったのです。日々の生活費2、30万のお金を一度に渡すことの出来ない夫からは考えられないことでした。夫はどの様な計算のもと許可をしたのか私には考えられませんでした。夫は子供達には甘いのです。

それでも時代が良かったので2年位はそれなりでした。けれどバブルが崩壊し追い打ちをかける様に安売りの大型店が出店したのです。そして心配していたことが現実になりました。息子は夫に言えなくて、私の所へ来たのです。

返ってくる見込みのないお金を2、3度都合。私は息子との会話から問屋さんが倉庫を探していることを思い出し、シミュレーションしてみました。息子にとって悪い物件でも問屋さんにとっては利点が多く、計算がなり立つのです。そこには格言が無理なく存在するのです。そして時を置かず問屋さんが肩代わりしてくれたおかげで最小限の損失で撤退することが出来ました。問屋さんには今でも感謝を忘れることはありません。

息子は神田の店を閉めたあと、取りあえず夫の店を手伝いながら今後のことを考えていました。そんな時、黄疸になりそのまま入院。原因が分からず二カ月、三カ月と食べるものの制限はなく安静にしているだけ。桜のつぼみが色づいて来る頃から数値が悪くなり妹達も八方手をつくし、セカンドオピニオンについて病院側と話をしていました。息子は「僕死んじゃうのかなあ……」と。外は桜が満開。私は息子が食べたいという物を持って、泣きながら毎日病院へ。

息子はとなりのベッドの人のくせが気になり個室に入りたい入りたいと言っていたけれど、個室がなかなか番が回って来ないでいました。

そんな時〝気〟で病気を直す四国の先生を思い出しました。私はひどい肩こりで、その先生にみてもらい「気がある」ということを体験させられたのです。

テーブルの上に家で使っている食卓塩が皿に盛ってありました。先生は「ママなめてみて!!」と。なめるといつもと同じ味。もう一回と言われ、なめると今度は味がしない。三回目はしょっぱくてむせてしまいました。そして正座している私に指一本ふれず後ろにひっくり返るのです。先生は、具合の悪くこりすぎて痛い肩をなでながら気を送ってくれ、トータルで15分か20分位ですべて終わり、私の肩はうその様に良くなり今に至っているのです。時を同じくして、仲の良い友達がステージ5悪性の舌がんになったのです。私はすぐに先生にお願いして、彼女の病気もみてもらい、いい結果を得ているのです。

この時私はいくらかかってもいいと、すぐに四国の先生にTELを入れました。タイミング良く東京へ行くのでその時にみてくれるとのことでした。

こうして息子は先生と逢い今の病状を話しました。先生は病気についてかなりの知識がありました。息子は4カ月以上の闘病生活の中で一番いい会話が出来、それまで胸にたまっていたものをはき出して、少しは気持ちがすっきりしたのではと思いました。

帰りがけにお礼を渡たそうとすると先生は「ママ、僕お金はいっぱいあるからいらないよ」と言うのです。「私は取ってもらわないと病気が治らないから」と言って無理に収めてもらいました。

この先生とは、社長さんを通して知り合い、二人でお店に何度か来てくれて、先生の波乱に満ちた人生の話を聞いたり、時に社長さんと先生と三人で高級料亭に行ったたりしました。そこで抹茶塩が味がしないとか、ビールが水だとか言って仲居さんをビックリさせ、大盛り上がり。本当にビールが普通の水になってしまう初めての経験でした。

こんなこともありました。お友達が世話になった時に少し多目にお礼をしました。すると次に逢った時に先生は小振りのお珠子を持って来てくれました。そして先生は「気を送ってあるからママでも病気を直せるよ」と言って、珠子の扱い方を教えてくれたのです。

悪い所を手でさすりながら病気が体から抜けて行く様をイメージして「南無大師遍照金剛」と3回となえる。その言葉が南無大師遍照金剛でした。どこかで聞き覚えのある言葉でした。その時は気づかず今回先生が帰られてから思い出したのです。この言葉は息子が通っていた幼稚園で毎日お昼の食事の時に手を合わせてとなえる言葉だったのです。それがどうしたの？と言われればそれまでですが、その時の私は先生と息子がこんな形でつながっていたことが何故かうれしく思いました。

そして翌日息子からＴＥＬがきて「ママ個室が空いた」と。「良かったネ、すぐ手続きしなさい」と。部屋はぜいたくな息子にピッタリのきれいな部屋でした。先生が来てくれた翌日でした。このタイミングに何かを感じずにいられませんでした。そしてその日を境に数値がぐんぐん良くなり一週間後に退院することが出来、その８月には完治したと先生に言われたのです。

息子は病気を機に以前からお付き合いをしていた人と一緒に住む様になって、たまに帰って来てもご飯を食べて行くことは一度もなく「待っているから」と言って、帰って行くのです。息子も病気をして何かを学んだのだと思いました。

そして次女の結婚式の日、ホテルオークラのロビーで息子が「ママ、僕幸せなんだ」と言うのです。私は日頃から色々聞いてはいたけれど、まさかこの様な言葉を聞けるとは夢にも思いませんでした。息子は自分が幸せになることによって私達にまで気を使ってくれる様になりました。「これからは少し親孝行しないとネ」と言い、たまに帰って来て食事に行ったり買物に行ったり。

そんなある日「僕、千円亭主をやっているんだ」とニコニコうれしそうな顔をして言うのです。そして同じことを妹達にも。妹達は「お兄ちゃん可愛想」と、「私がもっとあげてと言ってあげようか」と。私は息子の気持ちがよく分かっているので「お兄ちゃんは今うんと幸せなのよ」と、この幸せを自分の胸に収め切れず誰でもいい、誰かに伝えたい、話したい、そうかといって誰でもいいわけでもなく、時々帰って来ては、皆んなに言うのです。「よかったね」とぜいたくがあたりまえに生きていた息子はこの千円亭主をやっている時が人生で一番幸せだったと思っている。私にもこの経験はあるので手に取る様に分かるのです。この時二人はタワーマンションを購入していたのです。

そして息子は私に「もしママとパパを海外旅行に二人で招待すると言ったら行くかなあ」と、私は「もちろん行くんじゃない」と。それで日時まで決めていました。けれど孫の受験で本命の発表が一番最後。発表まではだいぶ間がある。本人は本命しか行かないと決めている。万が一を考えて塾の先生と相談。先生は、一浪すれば東大も大丈夫と言ってくれたのです。思いがけない先生の言葉にそれまでの重い空気が少し軽くなった様な気がしました。そして一浪が話題に。そんなこともあってタイ旅行は進路が決まってから、改めて仕切り直すことにしたのです。

そんな時、庭の木に異変が起きていたのです。その木は買ったものではなく息子を可愛がってくれたブティックのママのものでした。鉢はたおれたまま葉はカラカラにしおれ、捨てられる一歩手前の植木。元気な時を知っている私は何故か気になり、もう一度輝かせてあげたいと思い、鉢から出し枯れている植木をもらって来て地に植えたのでした。「やっぱりだめだった」と思い始めた頃に芽を出してくれたのです。根だけがかろうじて生きていてくれていたのです。

この時、この木と私が運命の出逢いをしたのです。この木が息子の背丈程になると幹も太くなりガッシリとしてきて、その様子が何故か息子とダブる様になりそれからは色々なことを考える様になり、私はふと死のふちをさまよったあの日々を思い出すのです。考えるとこの木も息子と同じ様な運命をたどっている。この時私は「いいことをしておいて良かった」と思いました。

そして先生が来てくれるまでのギリギリの状態の日々。あの時死んでもおかしくない息子を「この木が守ってくれたのでは」と思ったりしながら。それからはこの木をさわるたびに息子を感じる様になっていました。その木が突然枯れ始めたのです。「一体どうしたというの」原因が分かりませんでした。そして次々と枯れるというか、葉がくさっていくのでした。

そんな時突然、息子が亡くなったとの知らせが来たのです。10日前に元気な姿を見せに来たばかり。信じられませんでした。そしてこの木が大変なことになっていました。今まで華を添えていた木もあっという間に見苦しくなり、何とかしなければとちょっと押してみました。するとポロッと木が動いたのです。ビックリして見ると根元がすっかりくさっていて土にかえる寸前でした。幹も見事にくさっていました。元気に見えた木も薄い皮一枚でかろうじて生きていたのです。まるで息子に殉じるかの様に人生を終えたのです。この木と息子と私の不思議な体験。息子の死は運命だったのかも……と、思いながらも残念で仕方ありません。

49歳の短い人生だったけれど本物の幸せの真っただ中でなくなったのです。奇しくも旅行に「この日はどう」と言ったその日に亡くなったのです。

そして大学時代の友人が「おばさん、彼はすごいんだヨ」と、「2、300人の人を動かすことが出来るんだよ」と。そして彼の偉いところは人の悪口を言わなかったとも言ってくれたのです。彼の言葉通りお通夜の弔門客も多く、特に告別式に参列して下さった人の多さに葬儀屋さんが「こんなにも大勢の告別式は初めてです」と言ってくれました。

そしてこの時「棺を蓋いて事定まる」この言葉を思い出しました。

第四章

豹変した夫の答えがいまだ見つからず
悩む。
夫の気持ちがどこにあるのか読めない。
病気が少しずつ進んでいるのでは。
人生を楽しむ海外旅行。

デイサービス

次から次へと問題を起こす夫。さすがに私も疲れた。親しい友達に相談する。彼女は包括支援センターを招介してくれたのです。すぐに包括支援センターの方が見え悩みを話すと、「ご主人は若年性のアルツハイマーですね」と言われました。

私も夫を見ていて、病気と正気の線引きがむずかしく性格なのか、うつ病なのかジキル博士とハイド氏なのか。けれど周りの友達はおもしろいお父さんと口をそろえて言う。私の前だけで見せる夫は、アルツハイマーと言われるとすべてがあてはまるのです。それでデイサービスを招介してくれたのでした。夫が私にする様なことを園でしないか「大丈夫ですか?」と聞くと、「心配ないですよ」と。皆親切でなんの問題もないしアルツハイマーでもないと。

そしてケアマネージャーさんから「奥さんのためにお手伝いをしているので、今ならまだ何でも出来るから旅行でも何でも楽しんで下さい」と言ってくれました。それなので私はトルコ、ギリシャ、アンコールワット、ベトナム……等々。私が外国へ行く時は夫にもグレードの高いサービスの良い場所を選んで少しは楽しめる様にし、私は海外旅行を楽しんでいました。区の高齢者会館を使用しての麻雀のサークルの仲間に入れていただいたり、別の仲間達と年に2、3回の麻雀旅行にと、人生をエンジョイしていました。

2年がたった頃デイサービスのケアマネージャーさんと上司が見えて、「お母さんの前で約束をして下さい」と言う。夫は園になれ、我儘が出てきたのではと思いました。夫は例によってすぐあやまる。けれど反省したわけではないので、またすぐくり返す。これのくり返しでした。夫は入所の時アルツハイマーではないと言われていました。

その後、何度か聞いてもどなたも病気ではないと言っていました。けれど3年目を前にケアマネージャーさんから一度お医者さんに見てもらって下さいと言われ、指定された病院へ予約を入れる。すると「取りあえず奥さんが来て下さい」とのことで私が行く。夫のありのままを話す。意外にも先生はアルツハイマーではない、と言うのです。園からの紹介で行った病院でしたけれど、夫をつれてこなくていいとまで言われました。もしこの時、病気だと言ってもらえていたらそのあとの人生がどんなにか精神的に楽だったかと思いました。

そしてデイサービスでお世話になった皆さんには大変な迷惑をかけ申し訳なく思っています。と、同時に皆さんに親身になって助けていただき今でも感謝をしています。感じたことは、この病気は常に一緒にいる人にしか分からないと思いました。そしてプライドの高い夫の場合は我儘の最たるもの自分勝手の極致でした。

夫の死

お正月、夫はいつもの様に紬の着物を着ると言う。私もそのつもりで用意をしていました。次女は生まれて1年目の子供をつれて顔を見せてくれました。夫はすぐに孫をひざにのせて、幸せを味わっていました。

テーブルの上にはのせ切れない料理。子供にいつもママお料理作りすぎと言われていました。孫がふえたおかげで長男のいない淋しさが少しまぎれた気がしました。夫は毎年お正月は着物を着て園に行くのです。82歳になり見るからにヨボヨボに。けれど見栄張りな夫は最高に気分が良かったことでしょう。

この様に楽しく正月を迎えることが出来ていたけれど心配事が……。夫は亡くなる少し前位から暴力的になっていました。病気が進んでいるのも確かだけれど、お金がなくなった今、それまで通ってきた我儘がすべて絶たれ、また、デイサービスでも自分勝手で我儘な夫は注意されるようになり、ストレスがたまっていたのでしょう。ある日こんなことが……。

いつもの様にテレビを見ながら食事。耳の悪くなった夫はテレビの音を大きくして見ていました。そこへ娘が帰って来たので「たけの子ご飯がおいしく出来たからひと口食べたら……」と。本当においしく出来て、「おいしいネ、おいしいネ」と言いながら……。「子供達の分も作ってあるから持って行ったら」と言いました。娘は器を持ってもらいに来ると言って2階へ。

私は孫のためにもう一品用意していたので台所に立つ。しばらくして、夫がご飯を食べると言うので、私は「うん分かった……」と言ったけれど、テレビの音が大きく夫の耳に届かない。すると夫は「お前は返事もしない」と言って急に怒り出し「今日はどうしてもお前をなぐりたい」と言って私にかかって来て取っ組み合いに。その時の夫は、バカ力があり顔をよけるのが大変。眼がねをかけているので眼がねに当たらない様に必死でした。そこへ娘が来て「なんでママをなぐるの‼」と言って今度は娘と。さすがに娘には手を出せず、その場はおさまりました。

そして夫とはゴミ出しの件でもよくもめていました。店を閉め、毎日することがなくなった夫は、前にもましてゴミに固執する様になり私の手に負えなくなりました。そこで、娘がゴミを管理する様になり、目の前にいる父親の本当の姿を徐々に知ることになり、それからは夫に目を光らせてくれました。

それでもその頃はまだお金が少しはあったのでしょう。お金を使って精神のバランスを取っていたのでは……。けれどデイサービスも3年目に入る頃にはお金も底をつき、長年お付き合いをしていた女性とも逢えなくなり、TELをしてもつながらずストレスをかかえたまま飲みに……。そして、ストレスから解放されたくて行った先で何があったか分かりませんが、ストレスを倍にして帰って来たのです。私はいつもの様に布団に入ってはいたけれど、寝つかれないでいました。夫はブツブツ言いながら私の部屋に入って来ていきなり聞こえよがしに「寝たふりをしている」と言って怒り出し、いきなり私の両足首を持ってベッドから引きずりおろしプロレスの技をかけたのです。両足を高く持ち上げ前に倒すので首がまがり息が出来ず苦しくて苦しくて。足をバタつかせ体じゅうで抵抗しても状態は変わらず、ギリギリのところでやっと逃げ出すことが出来、裸足で家を飛び出しました。あまりのことに何も考えられず、ただ泣きながら裸足で歩いていると突然オートバイのエンジンの音が。夫が来る。再び恐怖が……。

私はあわてて近所の家の塀の中にかくれて息をころしていた。夫が通りすぎ、やっとこの時2階に娘がいることに気づきあわてて娘の所へ。あまりの恐さに娘が2階にいることさえ思い出せなかったのです。幸い一命はとりとめたけれど、もう10秒20秒あの状態が続いていたらと思うと……。

夫の病気が確実に進んでいました。何かあってからでは遅い。娘が夫を見てくれることで話が決まり、幸い店の3階をリフォームしたばかり。取りあえず夫と別に暮らすことに。

3カ月位たち、そろそろ帰ろうか迷っている時、事情を知っている友人は「今帰ったら元のもくあみ。もう少ししんぼうしたら……」と。私の気持ちも決まりました。その翌朝夫は亡くなったのでした。

夫は家族から冬の朝風呂はきつくとめられていたけれど注意を聞く人ではなく、毎日朝風呂に入っていたのです。その日も大きなお風呂に満杯に湯を張り肩までつかると、ザーっと湯があふれる肩までつかりながら、鼻歌を歌っていた様でした。娘はそんな父親の姿を確認して会社へ。夫は満足感とぜいたくを味わいながら最高の幸せを感じながら人生を終えたのでした。

私は園からのTELで病院へ。先生に「苦しみませんでしたか?」と聞くと、「先に意識がなくなるので苦しむことはない」とのことでした。別居を余儀なくされていた私にとって、先生の言葉はせめてもの救いでもありました。

そしてすぐあとから「パパはずるい」……と思ったので、何故こう思ったのか?

私をさんざん泣かせ苦しめた夫がこれ以上の終わり方はない……という終わり方をするなんて「なんて幸せな人なのだろう」と。そして夫との対面に涙はなく不謹慎かもしれないけど「やっと結婚前の自分に戻れた」と思ったのでした。

そして葬儀の時も涙はなく、また悲しみもありませんでした。夫が生きている時にありったけの涙を流したから涙がないのだと思いました。けれど、弔問客の中に私の知らない人達が大勢いたのです。夫は私の知らない所では多くの人に愛されていたのだと思った瞬間涙がドッとあふれ、どこにこれだけの涙がたまっていたのだろうと思える程の涙があふれたのでした。

そして、この涙は私が夫のために流した最初で最後の涙でした。

海外旅行　交通事故

こんなこともありました。長女が勤続25年を期に1週間の休暇と金一封が出るとのこと。海外旅行を誘ってくれました。いつもの私なら即イタリアへ誘ったと思う。けれど何故か気乗りしないままやっとフランスへ行くことに決まりました。それでも何かモヤモヤした様な、なんとなく行きたくない様な気分が続くのでお友達に話すと娘さんには言わない方がいいと……。もちろん言う気はないけれど……。そして出発を4日後に控えた日、フランスでテロが起き旅行は中止となったのです。

相変わらずモヤモヤをかかえいつもと違う自分に少し弱気になり、家から少しでも近い所と思って台湾に行くことに。同じ時に孫も友達の車で竹田城跡を見に四人で旅行していて、孫の顔を見て翌日私達が出発する予定になっていました。出発を明日控えた早朝TELで起こされました。その朝の気持ちのいいこと。3カ月近くモヤモヤしたいやな気分が一掃されスッキリとした気持ち良さに、これなら楽しい旅行が出来ると感じながらTELに出る。何と孫達の事故を知らせるTELでした。すぐには信じられないまま、娘とすぐ長野へ飛びました。思った以上の事故で旅行どころではなくなり毎日対応に追われていました。皆んなそれぞれに大きな犠牲を払った大変な事故でした。孫も歯に大きなダメージを受け留学を検討していた矢先だったけれど中止することに。

そして今でも思い出すのです。あの時の気持ちを。ベニスにもう一度行きたいと思っていた私。目の前にチャンスがころがっているのにその気になれない、そして何となく行きたくない私の思い通りになってしまった長女との海外旅行。そして事故と同時にスッキリしたあの朝の気持ち良さ。事故が起こることでやっと元の自分に戻った不思議な瞬間でした。

虫の知らせなのか？　事故を暗示していたのか？　それともそうなる運命だったのか？　世の中には理屈では考えられない何かがある様な、忘れられない経験でした。

次女家族とのハワイ旅行

夫が亡くなった年の夏休みが来ました。次女家族は毎年夏休みはハワイですごしていました。そんなこともあって、私をハワイにつれて行ってくれると言うのです。私は夫が亡くなって1年もたってないので不謹慎と思い断ると、私の苦労を少し分かっていたのか世間を気にすることはない……と。

若くないんだし、子供達が納得していれば充分と、思い切って行こうと言われ、お世話になることに。初めて行くハワイも楽しみだけれどそれ以上に孫と一緒にいられる。ただそれだけで行くことにしました。

孫は1歳7カ月と小さいのでひと休みしてからホテルのプールへ。私もプールサイドで孫をあやしたり家族で楽しんでいる姿を見ていて、本当に幸せでした。ハワイの土曜の夜は毎週花火があがる。ドンという音に振り返ると目の前に大きな花火が。テラスの椅子に腰をかけゆったりと、花火を楽しむ。花火の向こうにホノルル空港。ひっきりなしに離着陸している。さすがハワイと思いました。

翌日からはレンタカーを借り、孫を中心にハワイを楽しむことが出来ました。そしてお互いをリスペクトしあっている仲の良い次女の家族を見ることが出来て何より幸せでした。私は自分の夢の1つに家族旅行がありました。孫達の受験と重なりスケジュールが調整出来ないでいるうちに息子が欠け、夫が欠けてしまいました。来年は上の孫も留学から帰るので次女夫婦に、来年はママが家族全員招待したいからそのつもりでいてねと伝えておきました。

普段から孫が遊びに来るというと上の孫達はどこにいても必ず顔を見に飛んで来る。そしてしばらく遊んで帰って行くのです。この可愛い孫も1歳7カ月で愛くるしいさかり。この可愛い孫がハワイ旅行をまとめてくれたのでした。

私の夢のひとつ　家族全員招待してのハワイ家族旅行

そして翌年ハワイへ。娘家族がいつも利用しているホテルトランプワイキキの27階へ。家族七人で泊まるコンドミニアム。広々とした白を基調にした素敵な部屋で足腰を伸ばそうとベッドに横になる。「なんて気持ちいいのだろ」「ゼイタクー」と何故かそう思いました。

そしてその日の夜、全員揃ったところで私は子供達に日頃の感謝の気持ちと、私の夢であった家族旅行に大事な時間をさいてお付き合いしてくれてありがとうと、挨拶をし全員にお小遣いの足しにしてと、金一封を渡しました。ここまでが私の夢の一貫でした。あとは、おちびさんを中心に楽しむだけ。

従弟といっても20歳近く離れたお兄ちゃん達はおちびちゃんが可愛いくて可愛いくて。またおちびちゃんもこの二人のお兄ちゃんが大好きでした。背の高いお兄ちゃんに肩車してもらい、ショッピングや食事に、トロリーバスに乗って市内観光を。私は去年見た大好きなレインボーシャワーの花にまだ出逢えたことがうれしかった。そして目に入って来るハワイ独得な植物を見て、再度ハワイに来たことを感じていました。そしてアラモアナショッピングモールにはよく行きました。

皆んなそれぞれに目的が違うので、時間を決めてショッピングを楽しんだり食料を買い出しに行ったり、ホテルに戻って女性軍は食事の用意。娘婿さんは仕事をしたり孫達三人はじゃれっこしたり、そこには七人家族の何げない普通の生活がありました。私はこの何げないごく普通の生活を味わえることが何よりの幸せでした。

この何げない生活を覚えていなくてもいいから孫に味合わせてあげたかったのです。年の離れた二人のお兄ちゃんが大好きな孫。2歳7カ月の従弟が可愛くて仕方ないお兄ちゃん達二人。この三人の孫達が体じゅうで幸せを感じながら遊んでいる姿を見ることが出来本当に幸せでした。お互い大きくなって、何かあった時、このハワイで共にすごした時間を思い出し、助け合って生きて行ってほしいと願っている私がいました。

たまにしかお泊まりが出来ないで、お泊りしたいと泣いて帰って行く孫にとって、人間が形成されて行く課程でやさしさや素直さにつながる何かが目には見えない形で心のどこかに残ってくれるのではと思いました。

次女が人手を必要とする時は長女が私に替わって、孫の面倒をよく見てくれました。そんなこともあって孫は長女のことが大好きでした。子供心にも心を許せる大好きな人達に囲まれてのハワイでの1週間。孫にとって何が一番楽しかったかというとホテルの部屋での普通の生活だったのではと思いました。次女はコンドミニアムだと大分高くなるから2部屋取ったらと言ったけれど、私は普段出来ない家族全員での共同生活を孫に体験させてあげたかったのでお金に糸目をつけず予定通りにコンドミニアムにしたのでした。

上二人の孫には自宅の2階に越して来てからは多少面倒を見てあげられたけれど下

の孫には何もしてあげてないので記憶には残らないかも知れないけれど、皆んなの協力がないと出来ない家族旅行は私からの孫へのプレゼントでもあり、私自身へのごほうびでもあったのでした。

そして私がお風呂に入っている時、私のウイッグをかぶって、そーっとお風呂をのぞきに来てニコニコと笑う。私のまねが出来たことがうれしかったのでしょう。その時の笑顔の可愛いこと。それはそれは可愛いくて可愛いくて、思い出は年を取らず2歳7カ月の孫を今でも時々思い出しています。私の思っていた通りのお金には替えられない幸せな時間をすごすことが出来ました。この時感じた幸せはどこかで感じた幸せ。それは子供の頃感じていた幸せと似ていました。

羽田からの帰り、車の中で就職を来年に控えている上の孫が、今度は僕の力でモモちゃんを海外旅行につれていってあげるネ……と。このたびの旅行で何かを学んでくれたのでしょう。うれしい言葉を残して家族旅行が終わったのでした。そしてこの旅行で私が一番の買物をした様に思いました。

第五章

人生をふり返る。
不思議としか思えないタイミングで
訪ずれる出逢いであったり出来事等。
目に見えない力が働いているとしか
思えない。
こんなことってあるの……。

過ぎた日をなつかしむ

いくらか人生が整理されると、目に見えない台本があって、夫と私はそれぞれの役を演じていた様に思いました。夫は一生懸命働いて夜においしいお酒が飲めれば満足と言う。私はというと、悔いのない人生、また、自分の人生どれだけの仕事が出来るかためしてみたいと。

15歳の夢を追い続けている女房。目標が違うだけで誰も悪いわけではなく、目指す先が右と左に。必然的にドラマが生れる。

そこに若年性のアルツハイマー？という病気が色を添え、最後まで自分の姿勢をくずさなかった夫のおかげで、皮肉にも夫の発したスナックで水商売という職業で私は私なりの考え方やり方で15歳の時に思い描いた人生の青写真に向かって歩き出したのでした。54歳の6月のことでした。

水商売のおかげで多くの人と出逢い多くの人に助けられ、多くの経験をさせてもらいました。私はふと人生を考える時、目に見えない人生の不思議というか運命というか、普通では考えられない様なことが良くも悪くもあまりにも多くありすぎました。

飴玉で商売に目覚め、興味のあった美容師。そして格言に出逢い。学年で四人しか選ばれない学芸会のダンスのパートナーが偶然にも美容院の娘さん。この不思議な出逢いで美容院の仕事を勉強する。そしてこの美容師を志すことによって夢が大きくふくらみ、事業の基本の様なことが考えられ、自分の人生どれだけのことが出来るかためしてみたいと思う様になり、人生の青写真が出来たのでした。

そして年頃になりおへちゃな自分の顔かたち。世の中の不平等さに気づく。自分の努力ではどうにもならないことが沢山ある。目の前に置かれている現実を生きるしかない。そして答えは素の自分を生きる。見栄を張らない。背のびをしない。身の丈の人生を……。人生の信条の様なものが出来ました。

受験を前に兄の教科書をのぞく。因数分解とか√……。この様な勉強が私の人生にどうかかわってくるのか。卒業後の自分を描く時、何ひとつ夢が見つからず霧の中に迷い込んだ自分が。そして学校生活の間に15歳の夢がすべて消え去り何も考えられない自分がいる様に思いました。

おへちゃな顔から学んだことは〝世の中、平等ではない〟ということ。ハンデを持ちながらも懸命に頑張っている人達が大勢いる。私の力が少しでも役に立てればと……。その思いが常に私の考え方のベースになっていたので、その時の私の前では高校受験はチッポケなプライド以外の何ものでもなかったのです。そして受験をけったのでした。親の反対にもあったりしたけれど自分の信じる道へ。

父は私を音楽学校へ行かせたかった様で、「音楽学校へ行かせたかった行かせたかった……、悔いが残る」と父が言っていたと妹から聞きました。お父さんそんなことを言っていたの？　と。やめてよ!!と。本人は露ほども思ったことはありませんが、父の愛情を感じることが出来たことはうれしく思いました。

私の求めた道は幸せそのものでした……。結納が入るまでは。そして結婚そして独立と……。想定外の結婚生活、想定外の夫のひと言。スナックをやったら……で、スナックモネを……。このスナックをやることによって、夫の本当の姿を知ることが出来たのでした。信じきっていた夫が信じられない。何をし出かすか分からない爆弾をかかえている様なもの。信じられるのは自分だけ。

そして夢に向かってまっしぐら。婚約までの一番お金のない時が一番楽しくて幸せで幸せで、幸せな季節《とき》でした。そして正式に30歳で独立。中華料理店オープンからスナックマンを始めるまでは一番お金がありながら一番つらい時期でした。

こんなことを思いながらのスナックマンのオープン。しおれた開店の花を見て、のぞきに来たというお客様。私の店に以合わない、住む世界が違う、来てほしくない。これが第一印象のお客様でした。この意外な出逢い。夫との生活の中で一番つらい思いをしていたすぐ後に、ロイヤルハウスホールドをキープ。時々来てくれる様になり、そのたびに良くしてくれチップを辞退しても辞退しても置いて行くのでした。何の見返りを求めるでもなく、特にマナーが良く、田舎者でおへちゃな私に住む世界の違うレベルで良くしてくれたのです。その時のI社長さん、一番マナーのいいお客様でした。

何の見返りを求めるわけでもなく、I社長さんは自分で食べておいしいと思う物とか、めずらしい物とか、新鮮な物が手に入ったりするとTELをくれたり店に届けてくれたり。芸能界にいたことがあるので、〝U大御所〟を招いてパーティーをやったり、巨人軍がキャンプに入る前日の長嶋監督を招いての激励会に私にも声がかかり、夫が大ファンなので夫だけ世話になりたいと言うと、ママが来なければだめだと言う。そして、二人でお世話になりました。身近で見る監督は背が高くスマートで身のこなしに男の色気の様なものを感じました。ファンとの握手や写真撮影にも気持ち良く対応して下さり、監督を身近に感じながらのディナー。本当に幸せなひと時でした。その社長さんとの不思議な出逢いは、今までの私の苦労をねぎらい、そして自分の夢に向かって歩き出そうとしている私に「ママ、頑張れよ!!」と応援してくれている様に思いました。また、美容学校を反対した母が苦労をしている私を見て、母が出逢わせてくれた様にも思えたりするのです。

バスで出逢ったFさん。その日の予約は一人。その席に私が、2、3分遅れてFさんが。私が2、3分遅ければ出逢うことのない二人。くじで一等を当てた様な出逢い。このFさんとの出逢いが私の人生の中で心に残る思い出になるとはその時は思いもしませんでした。そしてFさんからは多くのやさしさと思いやりをもらいました。思い出の千鳥ヶ淵の恋人ゴッコが今はいとおしく思い出されます。

後にFさんは、私達のカラオケの仲間に。Fさんとは、何故か馬が合い会話がはずみ楽しくて、楽しくて、よく笑いました。馬が合うって、こういうことなのか。Fさんとは会話を存分に楽しみました。カラオケの仲間になって、1年位がたち、バッタリ姿を見せなくなりました。そんなある日、奥様らしき人と一緒のFさんと出逢いました。私はアイコンタクトを。時を置かず、その時は少し離れていたのでお互い軽く頭を下げました。奥様もはじらいを顔に浮かべ首をかしげる。その時の幸せそうな奥様の顔が思い出されます。

不思議にも3度目の出逢い。この時は私は気づかず、Fさんは私のうしろで同じ物を見ていたそうです。そして翌日FさんからTELがあり、お孫さんが生まれたとのこと。やさしくよく気の付くFさんのこと。いい爺々をしていることでしょう。

2度目に出逢った時の奥様の笑顔が今の幸せを私に伝えてくれました。お世話になったFさんと奥様が幸せになってくれたこと、何よりうれしく思いました。

Nちゃんとの再会、不思議な一年

夫からのプロポーズに悩んでいた私に、夜逃げをしたいと泣いていたNちゃん。次に逢った時、今は幸せ!!と言った。私の人生はNちゃんのこの言葉から始まっていました。

「カラオケ年金倶楽部」は私の最後の仕事と思って出した店でした。家賃のない強みもあって仕事は順調に。そんな時、Nちゃんが民謡の仲間と来てくれたのでした。「Yちゃんじゃない!!」と。「私よ私、Nちゃんよ……」と。Nちゃんが私に気づいてくれて50年振りに再会したのでした。こんなことってあるのだろうか?……と。

まるでNちゃんは私の人生を見届けるかの様に来てくれたのではと。人生の不思議を感じました。

そして夫が亡くなった1年間も……。信用金庫さんの新年会最後の抽選会で特賞を当て、別の会の新年会の抽選会でも一等を。さらにその年をしめくくるかの様に行なわれる別の信金さんの一泊旅行。そこでまた食事の後の抽選会で一等を。特賞の時はおいしいお肉券2万円分。同席していたメンバーを招いて焼肉パーティーを。残り1万円分は娘に。私のことがきっかけで仲間が宝くじのグループ買いをしようと。結果は残念でしたけれど万が一!! もしかして!! に期待して、ワイワイ、ガヤガヤ。言いたいことを言って……、私にとって忘れられない楽しい思い出となりました。

そして私自身は、よく頑張ったネ……と母からのごほうびか? または夫から……苦労をかけて悪かっね!!とのプレゼントか。私にはその様に思いたくなる。そして人生の不思議を感じる1年でした。

気がつけば、夫が敵に塩を送るかの様に言った水商売、「スナックをやったら」。15歳の青写真には皆無であったこの職業。この仕事のおかげで私はもちろん私の後に続いてくれた5人のママ達。現役を引退する時、大ママのおかげで子供達二人を育て、人様より少しはましな生活が出来たことに感謝していると言ってくれた二代目スナックモネのママ。彼女の苦労を間近で見ていた私は少しは力になれたことがうれしかった。水商売の右も左も分からなかった私を助けてくれた彼女に、私も彼女以上に感謝しています。

風のたよりに大ママの方に足をむけて寝られないと言ってくれた二代目スナックママのママ。彼女にも大変お世話になりました。私がお酒を飲めないこともあり、疎遠になっているけれどお世話になったことへの感謝は忘れたことはありません。短い期間だったけれど私を助けてくれたスナックモモのママ。今現在現役で頑張っている二人のママ。どの店にもそれぞれの事情があって今を頑張っている。

まるで私の人生の歴史を見ている様に思いました。貴女達なら出来る……と私は信じています。

孫6歳の詩

夫が亡くなって初めての正月。次女の孫も2歳になり、可愛いいさかりを迎えていました。そして、その孫によって気づかされたのでした。

それまでずっと私の結婚は失敗だったと……。けれど夫との結婚がなければこの可愛い孫との出逢いはなかったと。そして上の孫達二人にもいっぱい楽しませてもらいました。二人共足が早く、運動会ではいつも花形で紅白リレーは必ずアンカー。抜かれることがなく抜くだけなので安心して見ていられ、また不思議とアクシデントがそしてドラマが生まれて、リレーが盛り上がるのでした。約10年間もの間運動会を楽しませてもらいました。長女も学校時代運動会や水泳大会ではいつも花形でした。そんな母親に似て、二人の子供達も国立競技場でも活躍してくれました。長男はリレーと100メートル走にエントリーして2位だった様に記憶しています。

そして長女が九州へ1週間の出張のため、孫二人を預かった時のこと。初めての孫との生活。子煩悩な夫。やさしくておもしろい長男。次女の六人での生活を楽しんでいたある日の夜。上の孫が急に何かを言い出す。私はあわててペンを取り書き留める。一人ごとの様にしゃべっていた時間が終わり、改めて読みなおしてみると、そこには19篇の詩がありました。それが次の詩。孫が6歳の夏の終わりの夜のことでした。

生きているんだ　――詩19篇――

谷村　丈（6さい）
記録　寒河江幸江

たね

植物のたねを
土の中に入れると
なんか不思議（と思う）
水をあげると
芽が出てくる
生きているのかな

生きてるんだ

植物も生きているんだよね
根っこを切られると
死んじゃうんだよね
人間と同じだよね

動物たちのまち（街）

森の動物たちは
リスは木にのぼる動物
動物たちは
自然のなかに住む
森は動物たちの
まちだよね

可哀想だね

森の木の葉は
葉っぱが落ちる
可哀想だね
葉っぱはお友達と
別れるから
淋しいね

すもう

かぶとむしと
くわがたで
すもうをとると
かぶと虫が勝つのかな

くわがたが勝つのかな

どこまで続いているの

川の流れは
どこまで続いているの
森まで続いているの
みんながのむ水も
どこまで続いているの

海の色は

海の色はブルー
海のさかなと

一緒に泳ぐと
気持ちいいね

いろんなかたち

海のいきものたちは
いろんな
いきものがいる
いろんな
かたちをしている

くらげはにょろにょろ

くらげは

にょろにょろしている
(いきもの)
サンゴは
木みたいだけど
生きているのかな
生きていないのかな

友だちさ

海はしお水
川と
つながっている
海と
川は

友だちさ

ちょうちょ

ちょうちょは
鳥みたいに
空をとぶ
すきなところへ
行けて
いいね

夢の中

ご本をよむと

夢のなかに
つれてってくれる
夢は楽しいよ

不思議だね

みんなで
夢を合体させる
夢が
どんどん広がっていくね
ご本は
不思議だね

ごほん

ごほんは
図鑑とか
いろいろ
あるんだよ

プールは水色

プールは水色だね
皆で
プールに
遊びに行こうね

温泉

温泉から見るけしきは
きれいだね
温泉で飲むお酒も
いいね
温泉は
いろいろなお風呂があるね
皆んなで
入ろうね

そして長男が孫にママがいなくて淋しくない?と聞くと、すかさず「ママとは心と心がつながっているから淋しくない」と……。

その孫も今年25歳。高校時代サッカーのクラブチームに籍を置きサッカーと受験を両立させながら早稲田大学へ。そしてその兄をいつしか尊敬する様になっていた弟もサッカーを続けながら法政大学へ送り出すと同時に私が盲腸ガンで入院。家族に迷惑をかけたり、心配をかけたりしたので退院したら焼肉をご馳走したいと思っていた。私も退院したら一番に焼肉を食べたいと思っていたので、少しグレードの高い店へ招待したいと娘に言うと、下の孫が「初任給をもらったので今までお世話になったから安い店で申し訳ないけど今日は僕にご馳走させてほしい」と可愛いことを云ってくれるのでご馳走になることに。そして見ていると、運ばれて来る料理を皆んなと話しながらさりげなく上手に取り分けてくれる。

成長して行く孫の姿を見ることが何よりのご馳走でした。そして気遣いの出来るいい子に育ってくれていることをうれしく思っているのです。

今年一年生になった孫の初めての学芸会。白いベレー帽をかぶって、白いハーフコートをはおって全員参加の劇。順番もまちがえずしっかりと大きな口をあけてセリフを……。歌を歌う場面では右手でしっかりとリズムを取りながら歌っていました。

この時、上の二人の孫と少し違ったものを持っている様な気がしました。リズムをとりながら歌うということは皆んなとしっかり合わせながら歌うということなので、いっぱいほめてあげました。そしてこの可愛い孫の成長を少しでも長く見守りたいと思いました。

夫探しの旅（豹変）

1つだけどうしても分からず考え続けたことがありました。それは夫について。正式に結納が入って夫は豹変してしまったのでした。それからは私の前にいる夫は婚約前の夫ではなく、私の前だけで見せるもうひとつの顔を持った夫でした。それは私との会話を嫌う夫でした。子供が出来るまでのアパートでの生活。涙の海の中にいる様な毎日でした。

何故夫は変わってしまったのか？　何故、何故!!　どうして!!　どうして!!　出産を機にお店のすぐ裏に越しました。目の前に夫の一番煙たいお叔父さんがいる所。唯一叔父さんだけはこわい存在だったのです。

そして夫にはこんなことも。私の60歳の家出の時のこと。地元の一部の人の間で私が1000万持って男と逃げたという噂になっていたのです。そしてその額が2000万だったり3000万だったり。息子に迎えに来られて、仕方なく帰ったらこのありさま。

私はどこからこの様な噂が出るのか考えられませんでした。長年積み重ねて来た信用が一気に地に落ちてしまい、本当につらく情けなかった。外にも出られない日もあったけれど家に帰ることによって、近しい友人は何ひとつ変わらず接してくれたことで少しずつ普通の生活にもどっていったのでした。そして身に覚えがないこと。強くなろうと思いました。

そんなある日、店の2階のママから私の噂の話が出て、噂の出所は夫であることが分かったのでした。

夫は近しい友人がいつ来ても私がいないので、夫はその友人の前でも自分は間違ってないとか自分は悪くないとか自分を正当化したくて、男と逃げたと。そして夫は二人だけの会話で終わると思っていたのでしょう。噂は一人歩きをしていったのでした。夫は私にこの様に恥さらしなことをしてでも自分がいい子になりたかったのだと思いました。

そして過去を振り返ると

心に残ったり、心に引っかかったり、うれしかったり自分の支えになったりした言葉がいくつかありました。

◉よく言われた言葉

☆センスがいい。おしゃれ。歌がうまい。

目立つとか華がある。料理がうまいとかほんとうによく言われました。自分では何とも思っていないのに。ただおしゃれも歌もお料理も私の大好きな事ばかりなのです。

◉心に引っかかったこと

叔父さんに言われた言葉

☆もう少しHを立ててもらえないかなあ……と。

夫を立て夫を支えながら二人で一本の道を歩もうと常に努力していた私にはショックでした。結婚してまもなくの頃でした。

◉自分の支えになった言葉

☆Hはいい嫁をもらった……と。叔父が田舎へ帰って来るたびに私のことをほめていた……と。これは義母が何度か話してくれました。結婚して15年位たった頃から、あのきびしい、人をほめることのない叔父さんがほめていてくれたのです。義母が言葉に出して言ってくれたことによって、大きなはげみになりました。また、叔父さん夫婦に二度までも恥をかかすことが出来ず目をつぶった部分もある結婚だったので私にとっては意味のある言葉でした。

◉うれしかった言葉

夫が亡くなり少し落ち着いた頃デイサービスへＴＥＬを入れ名前を告げるとすかさず

☆奥さん苦労をしましたね……と。分かりますか？　分かります……と。園でこれだけ大変ということは家ではどれだけ大変かよく分かりますと。

この時私の気持ちを理解してくれた人が一人いたことが本当にうれしくて、そしてその方はこうも言ってくれたのでした。

☆ご主人は最後に奥さん孝行をしたのネ……と。

○心に残る言葉でした。

……と。

私はある時期からこの大変な夫を子供達に託せないと思い、二人の老後についてケアマネージャーさんと相談をしていた矢先に夫は亡くなったのです。

◉揚子江を出して間もない頃

店が忙しく子供達にまで手が回らずにいました。そんな時、近所の文房具屋さんのママが、子供達の面倒を見てくれていたのです。二人は店の奥の部屋にあがり、ママのおばあちゃんと二人の息子さんにまじってソフトクリームをご馳走になっていたのです。この時の子供達の幸せそうな顔を見た時、感謝の気持ちでいっぱいになりました。この日の出来事が感謝の気持ちと共に私にとって生涯忘れられない思い出になっているのです。

◉長女が具合が悪く幼稚園を休んだ日のこと

娘が具合が悪くても店に出ないわけにもいかず、娘に言い聞かせて私は店へ。一時間程して余程気持ちが悪かったのでしょう。店のドアを開け、「ママ気持ち悪いようー気持ち悪いようー」と言って泣いている。けれど娘は目の前の状況から私の立場を察しあきらめるしかなかったのです。私も行ってあげたくても行くことが出来ない状態でした。ママに抱きしめてもらおうと思っても抱きしめてももらえず、泣きながらはう様にして階段を登って行く。その時の娘の気持ちはどんなだっただろうと思うと可愛想で可愛想で、このことが生涯忘れることの出来ないトラウマとなっているのです。そして今でも時に涙する私がいるのです。

夫のライバル

その後も私は夫のことを考えていました。結納が入るまでは何の問題もなかったのに、結納が入ってすぐに変わったということは、プロポーズ前に何かヒントがある様に思い考えていると、昔聞いた話を思い出したのです。

お店をまかされていた22、3歳の頃。問屋さんのMさんに誘われるまま店の売上10万円を持って浅草へ。夫は母親と叔父との約束事の関係で給料はなく必要なものがある時は、売上から出して領収書を入れておきなさいと言われていたとか……。そして浅草へ。浅草はMさんの地元で、遊び人のMさんは楽しい人。夫は田舎から出て来て仕事にはなれても都会の垢に染まることなく純なまま。その夫がMさんとすごしたあの日、二人に何があったのか分かりませんが持って行った10万円全部使ってきて、叔父さんにひどく叱られた……と。そんな話を聞いたことが過去にあったのです。当時の10万は今の150万～170万位。大卒で初任給1万1000円～1万2000円の時代でした。

その後、叔父さん家族は阿佐ヶ谷に越して来て、夫も一緒に生活をする様になったのです。夫は不始末を仕出かしてから叔父さんが煙たい存在になっていました。ニラミのきいている叔父さんの前で夫は真面目で働き者で楽しい人で通っていました。私はその真面目でおもしろい夫が素の夫と思って見ていたのです。そして夫も素の私をずっと見てきていたのです。

私は夫を知る上で、私にあって夫にないものそれは何だろうと。それは私の持っているポジティブ思考だったのです。この私の持っているポジティブ思考は夫がどんなに頑張っても勝てないことも夫はよく分かっていたのです。この時やっと答えが見つかった気がしました。

夫はポジティブでいつも明るく楽しく働いている私、自分にないものを持っている私をどうしても手に入れたかったのだと思いました。そう考えると点と点ではなく点と線がつながってくるのです。おばあちゃんの応援があったとはいえ異常を感じる様なアタックでした。

叔父さんとひとつ屋根の下に住みながら言い出せなかったのは、もしダメと反対されたらと思うと切り出せなかったのです。叔父さんの母親（祖母）にすすめられた話なので、夫は自信を持って既成事実を作ったのだと思いました。難易度の高いジグソーパズルのピースが1枚1枚うまっていきました。私の考えていることもよく分かっている夫は、私を正式に手に入れた段階からライバルに変わることも分かっていたのです。

結婚してから一日一生懸命働いて、晩においしいお酒が飲めればいいと。それで満足と。夫にとって、この言葉が夫の唯一の夢だったのです。この言葉をお付き合いをしている時に言ってほしかった。けれどこれを言ったら破談になるのも分かっているのであえて言わなかったのです。

結納が入って初めてのデートの日。夫は私がどんな話をするか分かっていたのです。夫は私の問いには一切口を開かない。そこには婚約前の夫はいませんでした。その日を境に豹変した夫がいたのです。そしてその日を境に私は私の知らないところで夫のライバルになっていたのです。

日々の夫との会話の中から

もしかして？　そう、そのもしかしての私のポジティブ思考だったのです。夫は長いこと私のこのポジティブ思考と戦っていたのでした。

私は理解に苦しむ夫の言動に一人で悩み苦しみ、兄弟や知人に心配や迷惑をかけてきたのでした。私は夫婦でライバルもないんじゃない……と、ずっと思っていたけれど、夫は従妹の言う通り私がライバルだったのです。この時やっと私も分かったのです。そして今まで理解出来なかったことすべて点と線がつながったのです。

このことに気づけたことは私にとって大変意味のあることで、この謎がとけただけでも本を書いた意味がありました。夫との真逆な人生のすべてを理解することが出来たのです。

すべての謎がとけ改めて夫との人生を振り返る。

夫の目は、持ち前の明るさと臨機応変に何事も卒なくこなしていく私を見て、自分にないものを持っている私が夫はうらやましくもあり、それがいつしかライバルという対象になっていたのかもしれません。そして夫は、仕事はよく頑張るけれど経営に関しては一斉興味を示さないというか面倒くさいのか、欲がないというか？ 夫は仕事をして毎晩おいしいお酒を飲んで、すでに夫の夢は叶っている。満足している夫はわずらわしいことは持ち込みたくなかったのかもしれません……。

逆に私の頭の中は常に経営のことでいっぱい。この時子供の頃本家の叔母が貸している家さくの集金をしている姿をいつも見ていた私は、不動産に興味があり目の前にある物件を考える時、そこには格言が無理なくすっぽり収まるのです。目の前にころがっている又とないチャンス。今なら何でも出来るこのチャンスを逃がしたくない。私は夫を何とか動かそうとアタックする。そのたびにけんか。そこにはもう一人の夫がいました。一度手にしたお金。手離せないのか投資を考えられないのか、いたずらに時は流れて行く。私共にとって、最高のチャンス。私には耐えられなかった。

そして美容院をやると言う私にすかさず夫は、「スナックを」と言った。夫は毎晩飲みに行きながら目の前で働いているお店のママさんと私をダブらせて飲んでいたのだと思いました。

日頃の私を見ていて夫は私ならやりこなせる、そして説得する自信もあったのです。出来ないと言う私に家でやっていることをやればいいんだよ……と。やさしく言う夫。そこにはいつも口を開くと負ける。そのためにかたくなに会話をこばむ夫はいなくて、自信にあふれた夫がいました。会話は終始なごやかで、気がつけば結婚して初めて夫と夫婦らしい会話をしていたのでした。53年間の夫との結婚生活の中で夫婦らしい会話は後にも先にもこの時の1回だけでした。

老後心配のない生活を送るために何をしたら良いか常に考えていた私にとって、この言葉は誠に的を射た言葉でした。スナックという職業は私の思いとあまりにもかけ離れた仕事なので即出来ない!! とは言った。けれど落ちついて考えてみると何ひとつ無理もなく違和感もなく、そこには格言がすっぽりおさまっていました。けれども同じことをよその人から言われたらどうだろうと考えた時、多分、私は聞く耳を持たなかったと思う。夫に言われたことだからこそ素直に自分のこととして考えることが出来たのでした。

職業を選ぶ基準とは

私は子供の頃、仕事を選ぶ時、楽しく出来る仕事はなんだろう……と考えました。好きな音楽を聞きながら仕事が出来たらどんなに楽しいだろう……と思いました。そして幸せだろうとも。私の選択肢にはない職業だったけれど、その時気づかないだけで、一番自分に合った仕事を選んでいたのです。そして夫のアドバイスは的を射ていたのです。

こうして水商売を勉強させてもらい、少々高い月謝を払ったけれど、何よりも本当に自己管理の出来ない夫の姿を知ることが出来たことは不幸中の幸いでした。そしてこの時に気づいたのでした。

もしあの時……、店の2階3階を貸そうとしない夫に、私は口うるさく「貸したら」と、せっついていました。この時、夫が誰かに貸していたら今の私はなく色々ありながらも夫に2度までも助けられていたことに気づきました。


そして二人の人生を考えると見事に両極端な二人であり人生でもありました。予期せぬ病気になって書けないでいる時、テレビでは『ノーサイド・ゲーム』。そしてラグビー一色で盛り上っていました。本を書いて気づいたのでした。

夫との人生はまるで『ノーサイド・ゲーム』の様な人生だったな!!などと勝手に思っていました。そんなある日、孫の7歳の誕生日。プレゼントを持って孫のところへ。孫は超ご機嫌でプラモデルで遊び、おいしい食事をしながらラグビーを始めたと言うのです。そしてあっというまにユニホームに着替え、ソファーの上をピョンピョン。そのユニホームが似合って可愛いこと可愛いこと。それにしても思ってもみない『ノーサイド・ゲーム』の様な人生と思っている頃、孫がラグビーを始めるなんて……、何故このタイミングと思うのです。

そしてこの時はまだ気づかないけれど、このあとまた不思議な偶然が待っていたのでした。その偶然はすぐに来ました。

孫と駄菓子屋へ

私は孫に駄菓子屋を経験させてあげたいと常々思っていたので、夫の7回忌の日すべてが済んだ後、帰りに駄菓子屋さんへつれて行きました。お財布には1円5円50円100円を10枚、500円を2枚、計2500円入れて。

初めて見る駄菓子屋さんは独得の雰囲気で少しとまどっている様でした。あっちへ行ったりこっちへ来たり、それでも4点程気に入ったものがあり、小さなかごに入れて、自分で初めての買物を経験していました。おばさんは全部で668円と言いました。私はだまって見ていました。すると、500円と100円と出し、次に何を出すかと思って見ているとすかさず100円を出したのです。ええ……、この子こんな計算の仕方が出来るんだと私の知らないところで成長していることがうれしく思いました。

そして孫の7歳の時の夢を聞くことが出来ました。なりたいものが沢山あると、父方のおじいちゃんがマンガ家でおじいちゃんが大好きだったので即マンガ家と。おじいちゃんが生きている時に聞かせてあげたかったと思いました。宇宙のことも好きなので科学者にも、さらに戦争をやめさせる人にもなりたいと。まっすぐに育ってくれていることがとてもうれしく思いました。

私は早く本から解放されたくて、やっと目鼻がついて来たところでした。そんな時孫に経験をさせてあげたい、ただそれだけで行った駄菓子屋さんで、何と75年振りにザラメの付いた飴玉と出逢ったのでした。それは子供の頃買ったピンク色をしたザラメの付いた飴玉でした。1コ15円となっていました。

私の人生はこの飴玉から始まったのでした。そして75年の歳月をかけて、15歳の夢を完結するかの様にザラメの付いたピンクの飴玉と出逢ったのでした。またもこの夕イミングに、私は人生の不思議を感じていました。

孫達が帰り、後片付けをしながらふと兄の言葉を思い出していました。きっと気になっていたのに今まで気づくことが出来なかったのです。そしてふと思ったのでした。兄は私の師でもあり、勉強している兄の話は興味深く兄と話している時は幸せでした。話の内容は常に事業の話が中心で、時には日本をとりまく世界の経済の話まで。そして兄はよくお前と同じ話をする講師がいると言って田舎へ帰る時などその話を忘れないでテープを持って来て私に聞かせてくれました。

私は聞きながら、この先生は次にこう言うのでは？ 私だったらこう言うだろうと。自分に置き替えて聞いていると、兄の言う通り、私が考えていることと同じことを言うのです。この時私は、兄に普段しゃべっていることを書けばいいんだよ!!と言われた気がしました。兄とのこの場面は何回となく思い返していたのに何も感じることが出来なかった。なのに、この時に気づいたのか気づかされたのか？ 日付が変わろうとしている寸前でした。私は丁度この場面を書いていたのでした。

この夫の7回忌の日、私の原点でもあるザラメの付いた飴玉に出逢い、本を書くことを一番にすすめてくれたのが兄で、書くことを決断させてくれたのも兄で、兄の言葉の意味に気づけた時、胸につまっていた様なものが取りのぞかれ、何故か夫から解放された気持ちになり、その時、夫との人生がすべて終わった様な、そんな気がしたのでした。

そして気がつけば常に頭の中にあった格言が夢をまっとう出来たと同時になくなっていたのです。そして頭で考えている時は、夫との結婚は失敗だったと思っていた。けれど、本を書いているうちに夫のおかげで夢をまっとうすることが出来た様な気がしたりするのです。

アドラーとの出逢い

最近学んだことの中に、「人間は自分の運命の主人公である」と、そして「自分自身の人生を描く画家でもある」という心理学者のアドラーの言葉があります。

自分で描いた絵がどんな絵になろうと自分自身で引き受けるしかないと言っているのです。私も本当にその通りだと思いました。私は長いこと自分の人生は墨絵の様な人生と思っていました。けれどスナックという道筋をつけてくれた夫のおかげで良きスタッフに恵まれ、いい時代に恵まれ、いいお客様に恵まれ、沢山の幸せをもらいました。

そして最後のピースがうまったパズルの上を15歳の青写真を中心に、多くのお客様が思い思いの色でうめつくしてくれたのです。初めてのハワイで出逢ったレインボーシャワーツリーの花が、この花はもし私を花にたとえるとしたら何だろうと、こんなことを考えさせてくれたのです。私は自分の感性にぴったりの花と思いました。また、この花は私に色々なことを感じさせてくれるのです。このレインボーシャワーは、私の大好きなあの広大なグランドキャニオンの岩肌を刻々と色を変えながら昇って行く朝日まで思い出させてくれるのです。

そこには墨絵はなく、やさしさと華やかさにあふれたレインボーシャワーツリーが見事に描かれていました。心理学者のアドラーの言う通り見事に描けた作品。私は誇りを持って引き受けました。

そして商売に目覚めた時、子供同志のやり取りは幼い私には衝撃的でした。色々売りに来る朝の風景から何を売っても良いのだと。その時、職業の選択の自由が平等にあることを子供心にも知ったのです。あの時、手軽に扱える納豆売りのおじさんに出逢ってなかったら、今の私はなかった様な気がするのです。そして格言に出逢った頃から脚本家になり、幼くして商売に目覚めてしまった私を主人公にした本を書き始めていたのでした。と、同時に主人公を演じていたのです。そして夫との結婚によって、主人公を夫に奪われ、つらい脇役時代をすごし、スナックマンを出すことによってまた、主人公をとりもどし最後まで主人公を演じ切りました。

アドラーの言う通り誰もが自分の人生の主人公を演じて生きている。けれど納得の行く人生だった……と。また、いい人生だったと……、言い切れる人がどれだけいるだろうか!! 私は幼くして商売に目覚め、タイミングよく格言に出逢えたことは、本当に幸せでした。チッポケなプライドは捨て、志を高く持って生きようと心に決めた、あの時が私の人生のターニングポイントだった様に思いました。そして人間は運命や人を変えることは出来ないけれど自分を変えることは出来る……、そう思う様になって物の見方や考え方も変わり今の幸せがあるのだと。そして気がつけば一日として頭から離れることのなかった格言がいつのまにかきれいになくなっていたことを再確認したのです。

自分の夢を生き切ったということはこういうことなのか？　と。この時味わった不思議な感情は、夫が亡くなった時に悲しいというよりもやっと結婚前の私に戻れたと感じたあの日の感情に似ていました。

そして、この同じ1つの格言が私の人生の始まりと終わりを感じさせてくれたのでした。この時の不思議な感覚は、格言を考え方の中心に置いて生きてきた私にしか感じることの出来ない感覚だと思いました。そしてこの時終わった!!とも思いました。そしてすぐに15歳の人生の青写真に向かって頑張った私に終わりを告げた瞬間だった様にも思いました。同時に潔ぎ良い人生だったとも思いました。またこの潔という字は自分を表わす字にも思えました。

そして、忘れられない出来事が……

出版に向け動き出し、婚約までの私の人生は何の問題もなくスムーズに、けれど婚約と同時に豹変してしまった夫との日々を言葉にするのがむずかしく簡単に考えていた私は気づいたのでした。

自分の納得のいくものを作りたい。それには自分をよく分かっている自分が書くしかない。出来不出来は関係なくこの時、自分の足で歩き出したのでした。遠回りはしたけれど、色々あった日々を思い出しながら書き始めていました。そんな時、前川清さんの明治座公演のお誘いが……。耳が悪くなっている私は、歌だけでも聞ければ、そして仲の良いお友達とおいしいお食事が出来ればと思い行くことに。1部喜劇。2部は松居直美ちゃんが頑張って客席を笑いの渦に。いよいよ前川さんの出番となり『そして神戸』『恋唄』と、ヒット曲が続く。私は前川さんの全盛期だった頃のスナックマンを思い出しながら最後は何を歌ってくれるのだろうとあれこれ思いめぐらしていました。すると『MY WAY』……と言うのです。

私は本を書く前からもし書くとしたら、この『MY WAY』で最後のページを飾りたいと思っていました。この歌は私にとってリスペクトに値する歌なのです。この大切な歌とこのタイミングで出逢うことが出来たのです。前川さんも人生を振り返る年になったのだと思いながら。

「今　船出が近づく……」と。私は前川さんの立場で聞いていました。けれどこの歌は私の生き様そのものなので聞いているうちにいつしか自分の人生とダブり「私には愛する歌があるから」……この時こらえていた感情が沸点に達し、一瞬にして涙がどっとあふれ大きな大きな感動と幸せをもらったのでした。私はあふれる涙をぬぐおうともせずこの大きな感動と幸せの中に少しの間身を置きたかった。

けれど歌の終わりを待ちかねていたかの様に席を立ち、先をいそぐ人達。私も現実に引き戻され少し遅れて席を立ちました。そしてこの大勢のお客様の中で私の様に大きな感動と幸せを感じている人が何人いただろうか……？と。そしてこの感動は誰もが味わえるものではないことを私は知っていました。そして最後のページを飾りたいと思っていた歌を前川さんが明治座の舞台で歌ってくれたのでした。このタイミングの良さは何なのだろうと思いました。

そして予期せぬ病気になり、また本を書くことをすすめてくれた兄と義弟が亡くなり、聞いたこともない舌痛症になり書けない日が続いたのでした。けれどこの無駄の様に思えた時間が私を大きく成長させてくれました。

そして考えているだけでは見つからなかった夫との苦しんだ人生の、見えないものが見えたり、気づかなかったことに気づいたり。忘れていたことを思い出させてくれたり。おかげで考え方まで変わったのでした。もし病気にならなかったら夫との人生は賭けに負けた人生で終わったかもしれない。この思いがけない病気が納得のいくものを書くために必要な時間だったのです。そのおかげでそれまでの私には考えられない夫に感謝出来る私がいたのです。

夫とは色々ありながらも添いとげられたのは、子供達にとっても周りの人に対してもいい人だったからです。そして私の前で時々見せるもう1つの顔を持った夫との30年。お友達に支えられた30年でもありスナックマンを出してからお客様に支えられた

30年でもありました。夫と戦ったのか、夢と戦ったのか……、夢を捨てられない自分自身と戦っていたのかもしれません。

そして私は商売が恋人だったかもしれません。経営のことばかり考えている私。口をついて出て来る言葉は仕事のことばかり。夫が「お前は金の盲者」と言うのも分かる気がしました。けれど私はお金がほしいと思った事は一度もなく、人生、時間というしばりがある中で「どれだけの仕事が出来るかためしてみたかった」、ただそれだけだったのです。そして、それが結果として老後の安定にもつながる、そう思っていましたから。そして気がつくとお金があとからついて来てくれていたのです。

忙しい合間に自分で買って読む本は、早くには、私の大好きな矢沢永吉さんの『成りあがり』、和民の渡邉美樹さんの『新たなる「挑戦」―夢をカタチにする時』、楽天の三木谷浩史さんの『成功へのコンセプト』、石原慎太郎が田中角栄を書いた『天才』、堀江貴文さんの『あえて、レールから外れる。逆転の仕事論』、北康利さんの『レジェンド　伝説の男 白洲次郎』、そして新渡戸稲造先生の『修養』。この本は私にとってバイブルの様な本なので常に枕元に置いて折にふれて読んでいる。そしてこの『修養』は子供達や孫達に一度は手にしてほしいと願っています。

そして渋沢栄一先生の本を読んだ時感じたことはコンピューターの様な人と思ったことと、先生の様な人の下で働いたらどんなに楽しかったろうと思ったことを思い出しました。そして新一万円札の顔は先生しかいないと思っていた通りの発表がありました。

その日長女は帰るなり「ママ良かったネ。大好きな渋沢栄一に決まって」と喜んでくれました。そしてその日娘を誘って、ポテトフライのおいしいお店へ。色々食べて最後あつあつのポテトフライ。スーパーで市販されていないソースとの相しょう抜群で「おいしいネ、幸せだネ」と。1本80円の串にさしたポテトフライでこんなに幸せを感じられるなんて「ママは安い女ね」と言うと、娘が「その様に感じられるママが幸せなのよ」と言ってくれました。そして夫のことにふれ「ママだから務まった」とも。「パパはいつも明るくて何でも卒なくこなすママがうらやましかったのよネ」とも。長女の目にもその様に映っていたのです。

そして改めて夫の気持ちを考え、夫を理解することが出来た時、不思議にも私の中で長い間たまっていたわだかまりが「スーッ」と消えて真白い真綿の様な雲の様な中にいる不思議な感覚を覚えました。その時私は「何で本なんか書いているのだろう……」と。そして何日か書けない日が続きました。この日を境に夫を思い出すこともなく夫から解放された気がしました。そして何度となく不思議な感情を経験したのでした。

国立図書館、商学校の卒業証書

いつだったか妹に本を書いていると言うと、内容を聞くでもなく「あら良かったわね……と、国立図書館が待っているじゃない」と。ああ、そういう答え方もあるな、と。私も知ってはいたけれど気にもとめていませんでした。でも考えてみると私にとっては勲章の様なもの。夢を優先し高校をけり専門学校へ、そこでも何かが違うと中退。そんな私が卒業証書に代わるものを手にした様に思いました。

そして私は勝手に、幼くして商いにあこがれ目覚めた8歳〜9歳の頃から人生の青写真が出来上がる15歳までの格言を中心とした商売の考え方、基本中の基本を授業内容、そして「その気になれば誰でも夢を実現出来る、そして自分のためだけだったら出来ないことも人様の役に立つと思うと頑張れる」。そんな授業内容を旨としている商《あきない》学校の卒業証書を手にした様に思いました。

妹のひとことが私にこんなことを感じさせてくれました。

そして運命の日が

隅田川の花火の日。毎年、長女と浅草へ。会場の近くで見る花火。地ひびきがする様な大きな音で打ち上げられる花火。この大きな音が花火をより豪華に、より華やかなものに、そしてクライマックスになると狂った様に打ち上げられる花火の美しいこと。それが終わると同時に感動と感謝の拍手と大きな歓声。そして大きな感動。来て良かったネ……と。そして帰り、冷えたビールにおいしいどじょうを食べて帰って来るのが長女とここ数年続いていました。

けれど今年は違っていました。あるべきはずのＴＥＬがない。何かあるのではと思いながら花火を口実に兄の家へ。事前にＴＥＬを入れても誰ともつながらない。思いきって、チャイムを押す。すると兄嫁と兄の声でよく来た、よく来た〜と、早く上がって来てと。エレベーターが開き３階へ。

車椅子に乗っている兄と兄嫁が玄関まで出迎えてくれ、早く上がりなさいと兄。連絡がないから心配していたとも。さしさわりのない程度に病気の話もし、後の予定を告げると、屋上で花火を見る準備をしていると……。一諸に見ていったらと、誘ってくれました。私はこの言葉を待っていました。逢った瞬間に今日が最後になるのではと思ったのです。

久し振りに逢った兄を見た瞬間にその後に起こりうるすべてが感じられ悲しかった。初めて上る屋上、大きなテーブル２つ、並べきれない程の料理、５階建のビルの屋上からの景色はさえぎるものがなくすぐ目の前には大きな迫力のスカイツリー。そしてその両側から交互に花火が上がる。私は少しの間食べたり飲んだり、おしゃべりしたりして、だまって景色を眺めている兄のとなりに座り、お互い耳の遠くなった二人は話すこともなく、私は兄の人生を振り返っていました。

兄は一代でこれだけの仕事をし、社会的にもそれなりの役職につき重責を担って活やくし、耳が遠くなり迷惑をかけることがあったりする様になり、すべてのお役をおろさせてもらったと言っていました。そして私は何より偉いなと思ったのは良き後継者を育てたこと、そしてそれを次につなげている。そこには兄の教育が仕事と共に受けつがれていると感じました。そして子供の頃、何げない生活の中で母が身をもって教えてくれた教育がそこにあった様に感じました。


子供達はいつも通りの花火パーティーを楽しんでいる様に見えるけれど、私には何故か兄の築いた事業をしっかり守って行くから大丈夫だよと兄にメッセージを送っている様に感じられた花火パーティーでした。

兄は新しく買い替えたコンピューターの扱い方を孫娘に教えてもらっていました。そして予約を3回入れてあるのでその分のバイト代を孫娘に払っておいてほしいと兄嫁に言って、その何日か後に兄は亡くなったのでした。

前の年墨田区のイベントの時逢った兄は「なんていい顔をしているのだろう」と。「出世するとこんなにも顔の相が変わるのか?」と思う程、いい顔をしていました。

それがわずか半年ちょっとでこんなにも変わってしまうとは。兄は病気をおして私に本を書くタイムリミットを知らせてくれたのかも。そして今思うと遺言の様にも思えたりするのです。そして今思うと無謀とも思える挑戦でした。そして書きながら気づいたのです。私がどんなに頑張っても出来なかったことを兄夫婦が実践していたのでした。同じ方向に向かっている夫婦、右と左に大きく分かれる夫婦の違いを感じました。そしてもし夫と会話が出来ていたらビルの1つや2つ建っていただろう……とも思ったり。また、もし私にお酒が飲めたらどうだったろうとか、また「もう少し夫を立てて!!」と言われたあの時の言葉がネックになり叔父さんに相談に行けなかったことを悔やんだり……。

けれどこの二人の夫との大変な日々があったおかげで本を書く気になったのも事実で書くことによって、あたりまえと思っていたことがあたりまえではなく、大事なところで夫に助けられていたことに気づき、同時に考え方が大きく変わり夫に対しても感謝出来る私になっていたのです。

そして54歳からの人生を考えた時、水商売の他に私に出来る仕事は何だろうと。けれど何ひとつ候補に上る仕事が考えられなかった。丁度受験を前に高校を出た先の自分を考えた時、何の絵も描けず夢も何も持てなくなっている私がいました。あの時と同じ気持ちを感じました。犠牲にするものがなかったらここまで頑張れなかったとも思う。そして、どれだけの社会貢献が出来るかが自分の成長のバロメーターと思いながら生きて来ました。

あまりにも幼くして商売に目覚めてしまった私。この時の私は幸せそのものでした。けれど今、本を書きながら思うと、高学歴ニートの番組を見たせいもあってか、なんだかいとおしくて思いきり抱きしめてあげたいと思う私もいました。

82歳を目の前にしての無謀とも思える挑戦に、健康を少々犠牲にしたけれど最後の夢だった家族旅行のあとに感じられなかった達成感や感動を感じることが出来ました。これまでの私には考えられない「重みのあるいい人生」だったと思える私がいました。

そして、自分のために一冊あればいい本。出来不出来は関係なくページをめくればそこには夢にあふれ輝いていた幼い頃の自分と出逢えたり、お世話になった多くの人達や仲間、またおへちゃなママを応援してくれた、多くのお客様やその時はやっていた歌に出逢えることがうれしく、本を書いて本当に良かったと思っています。

良い悪いは別として最後まで自分を変えることなく生き切った夫。そして私もまた、54歳からの人生。私なりの人生の生き方、考え方、やり方で、15歳の自分をベースに格言を中心に置き、水商売という仕事で花開き、この仕事のおかげで自己管理の出来ない夫であることに早い時期に気づくことが出来、本当に有難く、手遅れにならずに済んだことに感謝しかありません。

このことが分かっただけでもこの水商売をやった意味がありました。そしてアドラーの言葉通り、運命の主人公を夫も私も演じ切りました。夫のフレームの絵がどんな絵か分かりませんが私の心のフレームには、ハワイの町中で見かける、もつれる様に固まって力強く咲いているレインボーシャワーの花が油絵で見事に書かれていました。

そして私の好きな言葉「ノブレス・オブリージュ」。この言葉は白洲次郎さんの言葉。強い者には果たすべき責任と義務がある。弱き者には手をさしのべる……の意。この言葉に出逢った時、志を高く持とうと思った15歳のあの時の私の気持ちと相通じるものがあり、私の考え方のすべてがここから始まっていることに気づきました。

最後の夢　寄附をすること

これは7歳の次女とした約束。この時の私が思っていた額には遠く及ばないけれど、私が一番つらい時に応援してくれた多くのお客様の気持ちも添えて、毎年感動をもらっている24時間テレビに届けたいと思っています。そして私の最後の夢の瞬間に普段なかなか逢えない孫と飾ることが出来たら……こんな幸せなことはなく、孫にとってもいい経験にもなり、またいい思い出にもなるのでは……。そして大きくなったらももちゃんの書いたこの本を読んでくれたらうれしいな……と。

本を書いて不思議とも思える出逢いが沢山ありました。それぞれの出逢うタイミングの良さ、あまりのタイミングの良さに一体このタイミングの良さは何なのだろう……と。そしてこの出逢いは私にとっていい方向に作用してくれるのです。

こじつけと言われればそれまでだけれど私にはそうとしか思えないのです。そんな私の思いが通じたかの様に、私の気づかないところで私の夢の原点でもある二人のドラマが放送されていたのです。

一人は美容家の吉行あぐり（望月あぐり）。もう一人は実業家の渋沢栄一。私の夢の原点は美容師で身を興し実業家になること、これが15歳の私の夢でした。実業家を目指す先に渋沢栄一の出演する大河ドラマ『青天を衝け』が毎週放送され見ているので知っていたけれど、まさかこのタイミングで同時にドラマ『あぐり』が再放送されているとは夢にも思いませんでした。

私は15歳の夢を全うすべく歩いた人生をこの2本のドラマと同時進行で書いていたのです。そしてこの2本のドラマが終わったあとに、私の書いた本が生まれる。そう思うと夫との人生がそうだった様に終わり方まで真逆なのです。親の反対で叶わなかった私の夢をあぐりさんが叶えてくれる。私にとって最高の終わり方が用意されていたのです。そして自分の生きた人生、自分で書くしかないと覚悟したあの日から病気と闘い自分自身と闘いながらの足かけ5年の長い旅が終わったのです。

そして「今が幸せということは、私の考え方生き方が間違っていなかった」と思っている私がいました。気がつけば85歳、人生の青写真を一度としてブレることなく今を生きている。そして娘がいつも言う様に、ママは夢見る夢子さんだから……と。そう私はいくつになっても夢見る夢子さんでいたいと思っています。

そしてあの明治座公演で前川さんが歌ってくれた『MY WAY』。あの時の感動は今でも色あせることなくもう一度あの時の感動に出逢いたい。そして何故か有森裕子さんがオリンピックで銅メダルを獲った時の言葉を思い出していました。そしてイチローさんの引退会見を思い出すのです。

私がリスペクトしている心の歌

今 船出が近づく その時に
ふと 佇み 私は 振りかえる
遠く 旅して 歩いた 若い日よ
全て 心の 決めたままに

私には 愛する 歌が あるから
信じた この道を 私は ゆくだけ
全て 心の決めた ままに

愛と 涙と ほほえみに 溢れ
今 思えば 楽しい 思いでを
君に 告げよう 迷わずに 行く事を
全て 心の 決めたままに

そして振り向けば15歳の人生の青写真を生き切った一本の轍が……

そしてこの本は私の人生の卒業証書の様に思いました。

自分の生きた日を想う

　重みのある人生だった……と。
　そして人生二度生きた様な気がする。
　両極端な人生だったとも
　兄が生きていたらよく頑張ったネ……と。
　そして私らしい華やかな人生だった……とも。

そして今の幸せは

　15歳人生の青写真を何ひとつブレること

なく生きた答えと思っている。

志を高く持とう　少しは社会貢献もしてみたい。そんな思いが常に根底にあったから頑張れたと思っている。

志を高く持とう

そして書き始めてから足掛け5年の歳月がいくつかの病気と闘いながら長い一人旅が今日終わったのです。

２０２２．２．16

そこには疲労困憊している私と、すべてから解放され心地良い解放感にひたっている85歳の私がいました。

親友との別れ

書くことが苦手な私が本を書く。

エェ……Yちゃんが……逆に書くことが大好きで私が勝手にしていること。

返信もお礼のＴＥＬもいらないと言って……

Ｈちゃんからハガキが届くのです。そのハガキは素敵な写真を切り取って貼って手をかけたハガキなのです。そんなハガキが３日あけずに届くのです。息子と夫が亡くなった時は仏像でした。描かれていた仏像は穏やかな良い表情をしていました。そしてその仏像が最後のハガキでした。その数１５６枚。

コロナの発生と同時に本を書き始めいくつかの病気と闘いながらの執筆で疎遠になっていたＨちゃんへＴＥＬをすると、「退院したらＴＥＬを入れる」とメールが届きました。そして、次に届いたメールは訃報でした。

私はこのハガキを1冊の本にまとめ、宝物として手元に置くつもりでした。けれどいつもＨちゃんが口にしていた「ひいばあちゃん　ひいひいばあちゃん」と言っていた子供たちのため、また、主を失った家族の元人のため、(貴女たちのおばあちゃんはこんなにも素敵なおばあちゃんだったのよ)と時期が来たら届けたいと思っている。

そしてこれがお世話になったHちゃんにしてあげられる最後の私の仕事だと思っている。そして彼女の生きた人生は、彼女らしい悔いのない立派な良い人生だったと思っている。

こうして2人の間に1冊の本が生まれ、45年の楽しかったお付き合いが楽しい思い出と共に終わったのです。

あとがき

私は橋下徹さんのファンで彼の番組はよく見ます。中でも興味を持ったのが高学歴ニートの番組。真逆な人生を送ってきた私は、本を書いている時にこの番組と出逢ったのです。

売ることが目的で書いたわけでもなく自分のために一冊あればいい本。けれど私と真逆な生き方をしている高学歴でありながらニートをしている人達だけには読んでもらいたいと思いました。そしてどんな感想を持つのか聞いてみたい、とも。

テーブルの上にちょっとした手作りの料理を並べ、これがいつもの私のお茶のみスタイル。このスタイルだと、本音が聞けるのです。そこで皆んなに感想を聞いてみたいと思いながら、本の完成を前にそんなことを思ったりしている自分がいました。

そして、出版社に提出した原稿が整理され戻されてきました（専門用語で「校正」という仕事）。全体に目を通し、必要な所に手を加える最後の私の仕事。苦しかった。

夫との生活をどう書いたらいいのか、書けなかった場面に、その時気づいたのです。

本人が分からないことを他の人に分かってもらおうと思うことに無理があると気づき、文章がどうであれ、それらもすべてを含めて私の人生と思いながら作業を続けました。ようやく終わりが見えてきた頃、何かが頭をよぎり（う、うん　何だろう）……と、その時気づかされたのです。

我家には二組の夫婦が存在していたのだ……と。一組はファミリーとして何の問題もないやさしい子煩悩な夫との夫婦。もう一組はスカートをはいた夫とズボンをはいた頭の中が男の女房の夫婦。

このスカートをはいた夫は自己管理が出来ない。その夫が我家の経済をにぎっている。そして二人だけの時の夫は私の話には、一斉口を開くことはなかった。

何故なのか？　どうしてなのか？　婚約前に異常とも思えるアタックをして来たあの時の夫はどこへ……？　人生のスタートで豹変。

そして、エンディングを迎えている今まで、ずっと考え続けていたけれど答えが見つからなかった。いつも私にあって夫にないもの？　それは私のポジティブ思考。これだけは夫がどんなに頑張っても勝て……そこまで来た時、「勝」の反対は「負」……。

この時ハッ……と、気がついたのです。スカートをはいた夫にとって私は勝ち負けの対象だったのです。私をよく知っている夫そしてプライドの高い夫……、口を開けば負ける。負けるのが分かっている会話には口を開かない。この時に難易度の高いパズルのピースが一瞬にして収まり、パズルが完成したのです。

このことが分かってこれまでの夫の言動がすべて理解出来、このキワッキワッのタイミングで答えが見つかったのです

正式に結納が入って初めてのデートで豹変した答えが、原稿の修正が終わる寸前のところで、すべり込むかの様なタイミングで、まるで帳尻を合わすかの様に答えが見つかったのです。

その日は不思議にも夫が亡くなった8年前の葬儀の日でした。

口を開かない夫、私を勝ち負けでしか見られない夫は、一種の病気だったのではと思っています。後に包括支援センターの方から言われましたが、若年性のアルツハイ

マーが発症していたのではないかと思っています。そして、あれ程までに私との会話を嫌う夫のことばとも思えない、「スナックをやったら」という、このひと言が私の夢をすべて叶えさせてくれるとは……。

こうしてスカートをはいた夫との2度目の人生が終わり、夫からすべて解放され、何故か体が軽くなった様な気がしたのです。

本を書くことによって疑問に思っていたことがすべて分かり、改めて自分が歩いた人生を振り返ると、あまりに両極端な、そして不思議な出逢いとか出来事が多かった。私の性格からはおよそ考えられない私の人生。この様な台本を誰が書いたのだろう……と、ふとそんなことを考えました。

二人のことをよく知っている人は夫しかいない……。夫が台本を書き、私と夫が演じていたのです。この時に心理学者のアドラーの言葉を思い出しました。

私は誰にでも出来るやり方で、夢をまっとうするために頑張って歩いてきました。この人生を誇りを持って受けとめたい。そして私の人生がそうであった様に、私の本が世に出る頃、世界を苦しめているコロナウィルスオミクロンが終息をむかえていることを願っている。

また、全て終わって今思うこと。まずは書くことを進めてくれた兄の思いに応えられたこと。

15歳の夢の通り心豊かに感謝しながら人生を楽しんでいる。

そして本を書くことの素晴らしさを知ることが出来たこと。いつかエッセイを書いてみたいとも思っている。

最後、ウクライナの人達に一日も早く笑顔が戻る日を願っている。

寒河江　幸江（さがえ　ゆきえ）

秩父屋台ばやしを聞きながら育った私はお祭りが大好き。華麗な山車の市内引き廻しに7000発もの花火が上がる12月3日の秩父夜祭は見事しか言い様のない心躍るお祭り。ぜひ皆さんに見に行っていただきたい。

15歳《さい》 人生《じんせい》の青写真《あおじゃしん》
—水商売《みずしょうばい》に感謝《かんしゃ》して—

2022年10月26日　第1刷発行

著　者　　寒河江幸江
発行人　　久保田貴幸

発行元　　株式会社 幻冬舎メディアコンサルティング
〒151-0051　東京都渋谷区千駄ヶ谷4-9-7
電話　03-5411-6440（編集）

発売元　　株式会社 幻冬舎
〒151-0051　東京都渋谷区千駄ヶ谷4-9-7
電話　03-5411-6222（営業）

印刷・製本　中央精版印刷株式会社
装　丁　　喜納そら

検印廃止

Printed in Japan
ISBN 978-4-344-92646-2 C0095
幻冬舎メディアコンサルティングHP
http://www.gentosha-mc.com/